KB252770

길에서 만난 세계사 4

길에서 만난 세계사 4

2025년 6월 13일 제 1판 인쇄 발행

지 은 이 ㅣ 이지선
펴 낸 이 ㅣ 박종래
펴 낸 곳 ㅣ 도서출판 명성서림

등록번호 ㅣ 301-2014-013
주   소 ㅣ 04625 서울시 중구 필동로 6(2층·3층)
대표전화 ㅣ 02)2277-2800
팩   스 ㅣ 02)2277-8945
이 메 일 ㅣ msprint8944@naver.com

값   15,000원
ISBN 979-11-7439-000-4

길에서 만난 세계사 4

페루 · 브라질 · 아르헨티나 · 멕시코 · 미국
캐나다 · 남아공 · 티베트

이지선 여행기

도서출판 명성서림

작가의 인사말

철쭉이 무리 지어 눈길을 잡고 있는 5월
철쭉 그늘 밑
돌 틈 사이를 비집고 나와
가녀린 꽃을 피운
이름 모를 잡초를 들여다봅니다

내 숨소리에도 흔들리는
꽃을 피우려
긴긴 겨울 동안 준비했을
환영받지 못한 생명을 지켜봅니다

작은 꽃이 예뻐 보일 때
삶을 여행처럼
작은 들꽃처럼
소박한 삶을 생각해 봅니다.

지은이 이지선 드림

길에서 만난 세계사 4

1

♣ 우리나라와 정 반대쪽에 있는 나라

우리나라에서 긴 말뚝을 박으면 칠레 쪽으로 나올 거라고 한다. 우리가 여름일 때 그곳은 겨울이다. 그동안에는 미국을 통해 들어가야 해서 비용이 너무 비쌌다. 중남미는 특별한 사람만 다녀오는 여행 엘리트 코스처럼 느껴지는 곳이다. 다행히 직항이 열렸다. 멕시코 항공이 인천 제2공항에서 출발한다. 덕분에 가격도 착해졌다. 상품도 다양해져 더욱 호기심을 자극했다. 여행 결정은 갑작스러웠다. 꼭 가고 싶었던 여행지가 합리적인 가격으로 나왔다. 내년쯤으로 계획했던 일정인데 힘든 곳인 만큼 하루라도 더 일찍 다녀와야겠다는 생각이 들었다. 6개월 무이자 카드를 썼다. 그리고 소리쳤다.

"이지선 용감하다."

다행히 남아공 여행에서 룸메이트로 만난 수필가가 같이 가자고 결정

을 도왔다. 일행은 모두 20명이다. 부부 팀, 계모임에서 온 팀, 혼자 온 남
자 네 명과 혼자 온 여자 네 명이다.

　멕시코 비행기를 14시간 타고 멕시코시티 공항에서 6시간을 기다려
환승하는 일정이다. 리마로 가는 비행기를 타고 다시 6시간을 더 가야
한다. 완전히 스파르타식 특수 군사훈련이다.

♣ 물가가 너무 비싼 멕시코 공항

　앞치마 같은 빨간 유니폼을 입은 아줌마 승무원이 8시간이 지나서야
점심을 준다. 한국 승객들이 많다. 출출해 주방에 가서 컵라면을 가지고
와 먹는 사람들이 많다. 라면은 잘 먹지 않는데 그 냄새가 확 당긴다. 한
국 승무원도 있다. 김치볶음밥을 선택했다. 김치는 없고 김칫국물에 기

름을 넣고 비빈 것 같다.

좁은 좌석에 14시간의 감옥살이다. 영화만 3편을 봤다. 새벽 2시가 되어 멕시코시티에 도착했다. 우리와의 시간차는 11시간이다. 멕시코 공항에서 6시간을 기다려 페루 리마에 가는 비행기를 갈아타야 한다. 인솔자가 없기 때문에 서로서로 알아서 챙겨야 한다. 멕시코 사람들 특유의 낙천적인 성격으로 공항은 시끌벅적하다. 비행기에서도 피곤했는데 쉴 곳도 마땅하지 않아 여기저기 기웃거리다 노숙자처럼 의자에 퍼졌다. 배도 고파 동료와 빵과 물을 사러 다녔다. 물은 6천 원꼴이다. 생각보다 물가가 비쌌다. 가장 싼 물이 2달러, 빵 하나가 3달러다. 빵 하나, 물 하나를 먹는 데 만 원 돈이다. 임금이 가장 싸다는 멕시코다. 미국으로 불법 밀입국을 시도하는 이유를 알 것 같다. 물은 필히 사 마셔야 한다. 물은 많은데 석회수라 정수시설이 잘 안되기 때문이다.

리마로 가는 비행기 게이트가 표시되지 않고 K, M 이런 식으로 나왔다. 안내원한테 짧은 영어로 물었다. 저쪽으로 가라는데 어느 게이트인지 나와 있지 않아 불안하다. 알고 보니 게이트 방향이 두 곳이다. M 쪽과 K 쪽이다. K 쪽에 가서 기다렸다. 시간이 다 되어도 게이트 번호가 뜨지 않는다. 당황스럽다. 비행기가 1시간 연착이다. 이곳에서는 다반사란다. 무려 7시간을 공항에서 기다려 리마에 가는 비행기를 타야 했다. 멕시코에서 페루로 가는 비행기다. 승무원들은 불친절하다. 부탁하면 표정이 좋지 않아 우리 승무원들의 상냥한 웃음이 그립다. 기내식은 간단한 빵이다. 간식인지 정식 식사 대용인지 자정쯤에 빵을 주었는데 먹지 않았다. 아마도 저가 비행기인 듯하다. 6시간의 비행 후 리마공항에 도착

한 것은 밤 1시가 넘어서다. 한밤중이라 공항은 한가하다. 그래도 기분
이 좋은 것은 공항 여기저기 전광판에 삼성 엘지 상표가 보여서다. 페루
가이드가 나왔다. 여자 교포다.

♣ 행방이 묘연한 – 잉카의 유적지

　인천공항을 떠난 지 30시간이 지나서야 리마 호텔에 도착하니 그곳
시간이 밤 2시 반이다. 호텔에 들어가 짐도 풀지 못하고 겨우 세수만 하
고 잠도 자지 못했다. 두 시간 후인 4시 반에 호텔에서 아침을 먹고 다
시 공항으로 가야 해서다. 리마공항에서 1시간 반 비행기를 타고 쿠스
코에 도착했다.

　페루 쿠스코는 우리의 경주에 해당한다. 옛 수도라서 유물들이 많이
남아 있는 역사 도시다. 3,400m의 고산 지역이라 어지럽고 구토증이 난

다. 다들 먹지도 자지도 못한 데다 공항에 내리자마자 고산증을 앓아야 하니 정신이 몽롱하다. 동료는 오기 전에 몸이 아파 종합 진찰까지 했다며 약봉지를 한 보따리 싸 들고 왔다. 일행 20여 명도 모두 제정신이 아니다. 이건 여행이 아니라 고행이다. 이런 상황을 알고는 못 왔을 거라고 다들 비틀거린다.

쿠스코에 온 것은 잉카 유적을 보기 위해서다. 잉카라는 말은 왕을 지칭하는 말이다. 스페인 사람들이 해안을 따라 처음 이곳에 도착하니 이곳이 어디인지를 알 수 없어 낚시하고 있는 사람에게 물었다. 그 사람은 처음 보는 서양 사람이 자기의 이름을 묻는 줄 알고 부족장인 자기 이름을 말했다. 그 이름이 스페인 사람의 귀에는 빼루로 들렸다. 당시의 페루 남자들은 키가 작고 치장을 많이 했다고 한다.

황금이 지천이고 자원이 풍부한 이곳을 서양 침략자들이 놔둘 리 없었다. 1516년부터 그들은 이곳을 약탈해 갔다. 280년 동안 식민지 지배를 받아 교육을 못 받았다. 문맹률이 높아 나라 발전에 걸림돌이 되었다. 지금은 고등학교까지 의무교육을 해 개발도상국 50순위에 든다. 자원이 많지만, 국민들이 어렵게 사는 이유는 뻔하다. 정치적으로 안정이 안 되어서다. 중남미의 고질병 부정부패다. 세상을 움직이는 것은 물질이 아니고 사람이다.

스페인은 이곳을 영구히 자기들의 식민지로 만들기 위해 혼혈정책을 폈다. 자존심이 강한 인디오들은 자기들의 혈통을 중요시해 응하지 않았다. 중남미에서 인디오들의 정체성이 그대로 남아있는 게 페루다. 아시아에서는 중국 사람들이 많이 들어와 있다. 파나마운하 공사를 할 때

청나라 사람들이 노동력을 제공했다가 돌아가지 않고 그대로 살고 있었다. 일본은 일찍부터 농업 이민정책으로 들어와 야채 농장에 자리 잡았다. 한국은 이민 역사가 짧다. 박만복 씨가 배구 감독으로 들어와 88 올림픽 때 페루를 알렸다. 90년도에 일본 이민 세대인 후지모리 대통령이 당선되면서 민주주의가 되었다. 그러나 후지모리 대통령도 고질병에 전염이 되었던지 부정부패에 연루되어 퇴출당했다.

♣ 조상들의 업적을 팔며 살아가는 페루인

　페루는 원주민이 많다. 흑인들은 많지 않다. 식민지를 오래 거친 나라의 공통점은 공용어가 여러 개다. 이곳도 3개의 공용어를 쓴다. 스페인어, 본토어인 케추아어와 아이마라어이다. 아마도 10년이 지나면 그들의 고유 언어는 사라질 것 같다. 젊은이들이 사용하지 않아서이다. 국토의 60%는 아마존 정글이고 25%는 안데스산맥이며 서쪽은 완전히 사막이다. 땅은 많으나 쓸모 있는 땅이 별로 없다.

　쿠스코는 페루의 수도다. 비행기가 한 시간이나 연착했는데도 누구 하나 이의를 거는 사람이 없다. 당연하게 받아들인다. 이곳 주재원으로 있던 남편을 따라와 35년째 살고 있다는 내 또래 여자 가이드가 고

산병 약을 먹으라고 알약을 주었다. 공항입구에는 아예 고산병 예방 차원에서 입에 물고 있으면 좋다는 마른 잎을 담아 놓고 아무나 가져가도록 했다. 나중에 알고 보니 이게 코카잎이다. 페루는 코카잎을 물고 있는 게 위법이 아니다. 브라질 갈 때는 공항에서 걸리면 마약범으로 몰린다고 해 무심코 주머니에 넣었던 부스러진 잎까지 버려야 했다. 천천히 걸어야 고산증에 적응한다고 해 일행들은 패잔병 걸음걸이다.

원주민들은 주로 산에서 산다. 집들은 거의 산비탈에 있다. 길은 좁고 우리네 옛날 시골 풍경이다. 잉카인들은 도시를 만들 때 바둑판처럼 길을 사거리로 반듯반듯하게 냈다. 그러나 스페인 사람들이 자기 집을 쉽게 드나들도록 자기 집 앞으로 길을 내는 바람에 길이 꼬불꼬불하다.

잉카 시대도 귀족, 중간, 일반의 계급사회가 있었고 천상, 지상, 지하 3개의 세계관을 가지고 있었다. 사람은 비슷한 생각을 가지고 비슷하게 역사를 만들며 살아간다.

탐보마차이라는 곳은 물에 대한 제사를 지내는 곳이다. 정교하게 쌓은 돌들에는 목욕탕으로 사용되었던 흔적이 남아 있다. 귀족이나 왕이 죽으면 미라를 만들었던 곳도 있다. 그들은 키가 작아 집 높이도 낮기에 우리는 고개를 숙이고 들어가야 한다. 돈 많고 높은 지위에 있던 사람들은 옛날이나 지금이나 죽는 게 두려웠던 모양이다. 영원히 살고 싶은 욕망은 똑같아 엄마 뱃속에 있는 태아 모습으로 미라를 만들었다. 길가에는 우리와 비슷하게 생긴 원주민들이 손으로 만든 물건들을 펴 놓고 여행객 상대로 장사한다. 카펫, 양털, 옷, 스카프, 스웨터, 손으로 만든 인형, 기념품 등이다.

♣ 태양신에게 바치는 신성한 처녀 제물

인간은 근본적으로 약하게 태어나 절대자에게 의지하고 싶은 본능이 있나 보다. 원시인일수록 생활에 종교가 절대적인 우위를 차지한다. 쇠를 다루지 못했던 석기시대에 어마어마한 건축물을 돌칼로 다듬어 쌓았다는 게 믿어지지 않는다. 그것도 지진에 넘어지지 않게 서로 어긋한 높이로 쌓

았다. 그래서인지 지
금까지 석조물이 그
대로 남아 있다. 미로
라고 불리는 켄코는
반지하에 만든 신전
이다. 태양신에게 제
물을 바칠 때는 사람
의 심장을 바쳤다고
한다. 심장을 뺀 남은
육체는 미라를 만들
었다. 인체를 해부한
장소가 그대로 남아
있다. 잉카 사람들은

키가 작았던지 돌침대 모양은 단순하고 작았다. 시체가 썩지 않고 미라
로 잘 말려지도록 바람통로도 있다. 위에 있는 천상 제단은 풍년을 기원
하는 제단자리다. 지그재그 모형으로 만든 것은 전쟁시 방어가 유리하
도록 설계한 것이다. 큰 돌을 장비도 없이 어떻게 운반하고 켜켜이 올려
놓았을까. 기계로 해도 수년이 걸렸을 것 같은데. 사람도 많지 않았을 당
시에 정교하게 돌을 다듬으려면 얼마나 시간이 걸렸을까. 참 과학적이
다. 주변은 지금도 발굴 중인데 터키석 어금니가 나오기도 하고 두개골
도 수술한 흔적이 있다고 한다. 이해 불가다. 우리가 생각한 이상으로 의
술과 생활이 발달했다. 하기야 지금도 미라를 만드는 건 따라가지 못하

는 부분이다.

신전에는 처녀를 뽑아 그중에 선택된 처녀만이 3년 동안 교육받아 신전을 돌보게 했다고 한다. 그녀들은 결혼도 할 수 없다. 그중에 태양의 처녀로 뽑힌 처녀는 신녀라 하여 제물로 바쳐진다. 신녀로 뽑히는 게 가문의 영광으로 알았다니 종교의 힘은 이성을 마비시키는 마약인가?

해발이 높은 지역이라 술 마신 듯 중심 잡기가 어렵다. 머리가 띵하고 어지럽다. 길가에는 인디오들이 만든 옷가지나 장난감을 가지고 나와 애절한 눈빛을 보낸다. 나지막한 마을 어귀 동산에는 어디에서 많이 본 듯한 모습인 두 손 벌리고 있는 예수상이 있다. 세계 2차 대전 때 어디에서도 유대인을 받아주지 않았다. 이곳 주민들이 유대인을 받아준 것에 대한 감사의 인사로 유대인이 떠날 때 세워준 것이다. 그곳에서 기도하면 잘 이루어진다는 소문이 나 주변에서 기도하러 많이 온다고 한다. 유대인과 기독교인이 어려운 처지를 서로 받아들이고 배려했다. 하느님의 사랑을 실천했다는 자체가 기도의 이루어짐이지 않을까 생각해 본다. 세상에서 사람을 가장 많이 죽인 게 하느님이라는 말이 있다. 그 말은 하느님의 뜻과는 다르게 인간의 뜻대로 하느님을 이용해서이지 않을까.

♣ 석기시대에서 멈춘 잉카의 문명

태양 신전이 있던 자리다. 신전을 무너뜨리고 그 기초 위에 세운 산토 도밍고 성당은 잉카 시대 석조물 위에 스페인 양식으로 지은 성당이다. 무지개 신전이었던 이곳은 지진설계로 5도씩 기울어지게 했다. 1년에 지진이 10번이나 난다고 한다. 500년 전에 지진설계가 되었다니 놀랍다. 언덕 위에 지은 신전을 부수고 남아 있는 돌이나 벽을 그대로 살려 성당을 지었다.

바위 같은 돌로 만든 벽은 접착제나 시멘트로 마감한 흔적이 없다. 큰 돌 사이에 작은 돌을 끼워 넣어 서로 물려 있게 했다. 그러니 지진이

일어나도 그대로 남아 있는 것이다. 나중에 스페인에서 지은 성당은 세 번이나 무너졌는데 잉카인들이 세운 것은 아직도 건재하다. 특이한 것은 바위 같은 돌들을 쌓아놓은 것을 보니 배가 불러 있는 것처럼 보인다. 빗방울이 이음새에 들어가지 않게 작업한 것이다. 철기시대로 넘어오지 못한 그들의 문명이 과연 미개했다고 할 수 있을까? 그들은 외부의 다른 문명과 접촉하지 않은 채 석기시대에서 사라진 것이다. 역사학자들의 숙제다.

이곳의 지명을 코리칸차라고 불렀다. 황금이 많이 나는 지역이라는 뜻이다. 황금이 얼마나 흔한지 신전 벽을 금으로 발랐다고 한다. 태양 신전은 금으로, 달 신전은 은으로 발랐다. 왕이 행차할 때는 온몸에 35kg의 금을 두르고 나갔다니 정복자들의 혼을 빼놓을 만도 하다. 잉카제국의 전성기는 90여 년이다. 조용히 자기들만의 세계를 가꾸며 살던 곳에 탐욕스러운 서양인들이 들어오자 서양 문명에 면역력이 없는 잉카는 망하게 된다. 많은 황금과 은을 약탈해 간 스페인은 그 시대에 전성기를 누린다. 스페인 남자들은 황금을 주우러 너도나도 이곳으로 몰려온다. 잉카의 보물과 문화 유적들은 파괴된다. 세계사의 비극이다. 이곳에 없는 질병들을 퍼뜨려 면역력이 없는 잉카인들을 멸망시키는 데 일조한 것이다.

버스를 타고 우르밤바 지역으로 이동했다. 페루는 지도상에는 해안을 따라 길게 늘어져 있다. 아열대기후다. 호텔은 전원주택 같은 3층이다. 외곽이라 시골 풍경이다. 며칠 만에 침대에서 잠을 잤다. 룸메이트는 아직도 약봉지를 놓지 못한다. 일행들도 몸살감기에 비실거린다. 나도 상비약 아스피린을 먹었다. 시차 적응이 안 되어 잠이 오지 않는다. 둘이 수면제를 나누어 먹었다. 그래도 잠을 자지 못했다. 돈 주고 고생을 자처한 이 꼴이 스스로가 우습다. 누가 억지로 시키면 이 노릇을 하겠느냐며 여행 병도 중병이라며 웃었다.

♣ 집안에 조상 해골을 모시고 산다

오랜만에 샤워하고 잠을 자고 나니 몸이 풀린다. 페루 하면 제일 먼저 떠오르는 마추픽추를 보기 위해 여기에 왔다. 버스 타고 기차를 타고 가야 한다. 시골 버스 길은 산으로 둘러싸여 있다. 우리나라도 산이 많다고 하는데 이곳은 높은 산이 더 많다. 산에 나무도 없다. 체육관 같은 원형 농업시험장은 세계인의 관심이 높다고 한다. 예전 잉카 시대부터 내려온 시험장이다. 기후에 적응하는 식물들을 개발하고 육성하는 곳이다.

같은 공간에 봄에서 가을까지의 기후를 만날 수 있어 최적지라 한다. 산에서 질 좋은 소금을 캔다. 알아주는 유명한 소금이다. 화산이 폭발하여 바닷물이 산에 갇혀 소금 덩어리가 되었다. 지하수가 지나면서 녹아 소금이 되었다.

높은 산 위에 캡슐호텔이 보인다. '세상에 이런

일'에도 나왔다. 5개의 호텔은 산꼭대기에 아슬아슬하게 매달려 있다. 올라가는 길도 없다. 로프를 타고 가야 하는데 산이 절벽이다. 아무나 잘 수 없어 더 유명한 호텔이다. 숙박비는 하루에 70만 원.

가는 길에 인디오가 운영하는 재래시장에 들렀다. 선인장과 옥수수를 많이 재배한다. 감자, 고구마, 옥수수 등 인디오들이 재배해 오고 있는 식품들은 우리 식탁에까지 와 사랑받고 있다. 맛은 우리 것에 비해 많이 떨어진다. 우리는 계속 품종을 개량했지만 여기 사람들은 옛날 그대로 농사를 짓기 때문일 것이다.

그들의 집은 우리의 원룸 같다. 방, 부엌, 화장실이 구분된 게 아니다. 한곳에서 다 해결한다. 부엌에는 쥐와 토끼 중간쯤으로 보이는 '꾸이'라고 하는 기니피그를 키운다. 풀을 먹는다. 단백질 보충을 위해 우리가 닭을 키우듯 키운다. 닭보다는 키우기 수월할 것 같다. 토끼처럼 모여서 같이 살고 유순해서 도망도 안 가고 소리도 지르지 않는다.

조상을 극진히 섬긴다. 집집마다 조상에게 좋은 것을 바치는 제단이

있다. 주로 안방 벽에 가장 잘 보이는 장소다. 제단에는 돌아가신 조상의 해골이 사진처럼 놓여있다. 돌아가신 지 몇 년이 되어 탈골되면 그 해골을 집에 모셔놓는다. 그 앞에 음식이나 과일, 과자, 꽃을 차려 놓는다. 인형도 있다. 그들 보기가 좋아 보이는 것을 조상 제단에 놓은 것이다. 전깃불도 없다. 어둑한 곳에서 보는 해골은 무섭게 느껴지지 않는다. 장난감같이 보인다. 그곳도 사람 사는 곳이라 옥수수를 발효시켜 막걸리처럼 만들어 판다. 더운 곳이라 약간 식초 같은 신맛이 강하다. 재래시장은 시장답게 옷, 각종 과일, 채소들을 다양하게 팔고 있다. 나와 룸메이트는 그들이 만든 옷을 하나씩 샀다. 털실로 짠 것이다. 팔아주어야 할 것 같은 느낌이 들어서다.

시장 앞에 늘어선 삼발이 차가 정겹다.

♣ 세계사의 수수께끼 마추픽추

　마추픽추에 가는 전용 기차를 탔다. 그곳은 산이 험해서 버스 길은 없다. 대신 강을 따라 산을 깎아 만든 아슬아슬한 기찻길이 내심 불안하다. 내가 걱정할 일은 아니지만 비가 많이 와 강물이 불어나면 기찻길이 쓸려 나갈 것 같은 불안감이 든다. 아마존강으로 흐르는 우루밤바강을 따라 기찻길은 뱀이 움직이는 것 같다. 밖의 풍경은 강과 안데스산맥이 보이고 높은 산은 눈으로 덮여 있다. 밭에는 옥수수를 수확하는 곳도 있고, 이제 심은 것도 있고, 중간쯤 자란 것도 있다. 과일도 그렇다. 밭에다 선인장도 키운다. 그러고 보니 뷔페 음식으로 선인장도 나왔다.

　기차 안에서 안내양이 약간의 과자와 음료수를 서비스한다. 괜히 대우

받는 느낌이다. 빨리 갈 수도 없는 기차는 차라리 여행자에게는 정겨웠다. 마추픽추만을 위해 만든 기차역에서 내렸다. 버스를 타고 곡예를 하듯 비포장 산길을 간다. 도착한 곳은 강물이 세차게 흐르는 마을이다. 관광객을 상대로 마을이 형성되었다. 그럴듯한 상점과 음식점이 많다. 대도시 같다. 강물이 이곳의 중심부에 흐르고 있어 다리를 놓았다. 건설 중인 것도 있다. 점심은 이곳에서 뷔페로 먹었다. 악사가 식탁마다 다니며 우리에게 익숙한 노래를 연주한다. 팁을 바라서다. 잉카인 말로는 오래된 산이라는 마추픽추. 공중 도시라고도 하고, 잃어버린 도시라고도 부른다. 그곳을 처음 발견한 사람이 붙인 수식어다.

마추픽추는 1532년에 망한 후 1911년에 미국 하이럼 빙엄이라는 사람한테 발견되어 처음 세상에 알려지게 된다. 주변 잉카인들은 알고 있었지만, 세상에 알려진 것은 100년 전이다. 5도씩 기울어진 계단식 밭은 기원전 2000년 전에 만들어졌다. 산 위에 모든 사람이 자급자족할 수 있

는 시설이 되어 있다. 굳이 외부와 연결이 없이도 스스로 살아갈 수 있게 만든 도시다. 이렇게 높은 곳에 이런 도시를 만든 것은 태양신을 모시는 그들의 욕망에서다. 태양과 좀 더 가까워지려는 믿음에서다. 그들

은 이상적인 신전 자리는 엄마의 자궁 같은 자리라고 믿었다. 그곳이 바로 이 자리다. 이 도시에 왕과 제사를 돕는 사람과 일하는 사람들 500명 정도가 살았다고 추정한다. 도시를 건설하고 신전을 만드는 데 필요한 돌은 이곳 산에서 구했다. 돌을 채취해 채석장 3곳에서 다듬은 흔적이 남아 있다. 특이한 것은 입구는 있는데 문이 없다. 모두가 한 가족이나 다름없으니 굳이 문이 필요하지 않았을 것이다. 상상보다 어마어마한 시설이다. 도시에는 배수시설도 잘 되어 있다. 신전, 학교, 감옥, 옷을 만드는 곳, 대장간, 계절이나 시간을 알리는 해시계도 있다. 미라를 만드는 시체처리장도 있다. 의료기관도 있고, 도서관과 창고도 있다. 모든 게 다 갖추어진 도시에 사람들이 갑자기 사라졌다. 전쟁에 패한 왕이 이곳 사람들을 이끌고 다른 곳으로 갔다는 설이 있다. 문자가 없어 증명할 수 없는 역사적 수수께끼다.

♣ 항공사 착오로 어수선했던 출국장

　새벽 3시 반에 호텔에서 나왔다. 리마로 가는 비행기를 타야 해서 버스에 올랐지만 비몽사몽이다. 이날은 하루 종일 비행기를 타야 한다. 페루에서 브라질로 가야 해서다. 쿠스코에서 1시간 반 비행기를 타고 다시 브라질행 비행기를 갈아타고 9시간 반을 가야 한다. 아침은 도시락으로 먹었다. 물이라도 살까 하고 공항 가게를 들렀다가 사는 걸 그만두었다. 빵 한 개에 오천 원, 물 한 병에 오천 원, 바나나 한 송이가 아니라 한 개에 이천 원이다.

　브라질행 비행기 게이트에서 직원이 어색한 발음으로 한국 사람 이름을 계속 부른다. 그 두 사람 때문에 출발하지 못하고 있다. 하필 우리나라 사람 이름이라 같이 애가 탄다. 한국 사람이 게이트를 찾지 못해 탑승을 못하나 보다. 내가 속이 터지게 걱정이 되었다. 계속 부르다가 사람이 나타나지 않자 남자 직원이 우리한테 와서 이름을 대며 아느냐고 물었다. 우리 일행이 20여 명인데 겨우 얼굴만 익혔을 뿐이다. 이름까지 알지는 못한다. 전국에서 온 사람들이다. 방송에서는 여자 안내원이 제발 나와 달라고 애원한다. 듣는 우리가 애가 탄다. 한 시간이 연착되었다. 출발시간이 다 되어 주인이 밝혀졌다. 답답한 우리 일행 중에 목소리 큰 남자가 두 주인 이름을 크게 불렀더니 알아듣고 나타난 것이다. 그 두 명은 우리 팀 일행이다. 한 남자는 500만 원을 더 주고 비즈니스석을 예약했다고 한다. VIP 손님이 먼저 타야 일반석 손님이 타는데 그 귀빈은 우리와 노닥거리느라 외국인 발음으로 부른 자기 이름을 알아듣지 못했다. 또 한 명의 여자는 우리와 같은 일반석인데 항공사의 착오로 비즈니스석으로 표가 이중으로 나온 것이다. 항공사 측에서 비즈니스석에 좌석이 없으니, 환불을 해 주든지 다음에 이용할 기회를 주겠다는 것이다. 그녀는 전혀 예기치 않은 일에 당황해했다. 150만 원을 환불해 주겠다는 것이다. 세상에 이런 일이! 어떤 사람은 공돈이 생겼다고 한턱내라고 한다. 항공사 측에서 잘못한 일이지만 나중에 추징하게 되는 경우가 있으니 함부로 쓸 수도 없는 사고인 셈이다.

페루여 안녕! 하고 브라질 비행기를 탔다. 비행기는 저가 비행기인지 모니터가 없다. 긴 시간에 영화라도 보고 시간을 보내야 하는데 좁은 공간에 끼어 있어야 한다는 건 잔인한 일이다. 그렇다고 기내 서비스가 좋은 것도 아니다. 가져온 책도 다 읽어버렸고, 핸드폰에 저장된 것도 뒤져보지만 너무 긴 시간은 몸서리가 난다. 기내식은 샌드위치 반쪽, 비스킷 한 개, 오렌지 반쪽이다. 너무 검소하다. 아침 도시락도 빵이었다. 수저, 포크, 나이프는 스테인리스다. 재활용품으로 근사하게 주었는데 쓸데가 없다. 예전엔 기내식 먹는 재미도 쏠쏠했는데 경제 논리에 갈수록 재미가 없어진다.

2

♠ 세계 3대 아름다운 항구 리오

브라질 리우데자네이루 공항에서 리오 가이드를 만났다. 브라질은 우리와 11시간 시차다. 우리가 여름일 때 이곳은 겨울이다. 장마철이라 두 달 동안 계속 비가 와서 관광객이 제대로 구경을 못 하고 갔다고 한다. 우리 팀이 도착하면서 날씨가 좋아져 제대로 볼 수 있을 것 같다고 했다. 전생에 나라를 세 번 이상 구했나 보다고 말하는 활기찬 여자 가이드의 밝은 모습은 우리를 기분 좋게 해주었다. 섬유 사업을 하다 크게 망하고 어렵게 지내던 차에 이곳으로 온 지 25년이 되었다는 그녀는 남편도 가이드라 한다. 처음에는 남 앞에 서지 못하는 성격이라 어려웠는데 먹고 살길이 없어 이 직업을 택했다고 한다. 자본이 안 드는 이 직업에 지금은 너무 행복하단다. 내가 봐도 즐기면서 하는 일인 것 같다.

공항 수속은 간단하다. 그러나 브라질은 유독 미국인한테는 미국식으

로 까다롭게 한다. '너희가 우리한테 하는 것과 똑같이 우리도 너희한테 해 주겠다.' 이런 두둑한 배짱은 어디에서 나오는 걸까? 비록 가난하게 살지만, 자원이 풍부하기 때문에 미국에게 아쉬운 소리를 할 필요가 없어서일 것이다. 리오항은 나폴리항과 시드니항과 함께 세계 3대 아름다운 항구로 뽑힌다. 여기에 우리나라 통영이 들어가지 못한 게 아쉽다. 통영도 이에 못지않게 아름다운 항구다. 유럽 사람들이 많이 오지 않아 잘 알려지지 않아서다. 예술인들의 책임도 크다.

1502년 포르투갈이 들어오면서 개발된 항구는 잔잔한 물결로 아름답다. 남한 절반 정도인 리오에는 전 세계 마약거래의 70%를 좌지우지하는 조직들이 산다. 주변엔 빈민가들이 즐비해 있다. 안쪽에는 마약왕이 카르텔을 형성하여 그들만의 왕국에서 살고 있다. 이따금 뉴스를 타는 건 정부에서 생색내기 마약 소탕 작전을 벌일 때 마약 단의 반격 때문이다. 정부와 마약 단과의 충돌은 전쟁을 방불케 한다. 그 이외는 사는 데

별 지장이 없다고 한다. 이곳 청소년들의 소원은 삼성 갤럭시 핸드폰을 가지는 것이다. 한국인을 상대로 하는 핸드폰 날치기가 많다고 특별히 조심하라고 당부한다. 핸드폰은 그 자리에서 현찰이란다. 저녁은 오랜만에 중국식이다. 모두 허겁지겁 먹어댄다. 배도 고팠지만, 현지식에 진력날 때다. 익숙한 입맛에 그래도 김치까지 나오니 모두 얼굴에 화색이 돈다. 저녁을 먹고 호텔로 갔다. 중남미는 돼지고기보다 소고기가 싸다. 소는 넓은 땅에 방목하면 그냥 잘 크지만 돼지는 사육해야 해서다. 식사 때마다 소고기가 나온다. 이곳 사람들이 배를 안고 다닐 정도로 살이 찐 이유를 알 것 같다.

♠ 꿈꾸어 왔던 생애 최고의 날

브라질 하면 떠오르는 한국인들의 인식은 상파울루와 농업이민이다. 중국, 일본은 이미 100년 전에 농업이민을 실시하여 좋은 땅을 차지하고 자리 잡은 상태였다. 우리나라는 70년도에 이민을 부추겼다. 부푼 꿈을 안고 넓은 땅에서 부자의 꿈을 꾸던 사람들이 도착한 것은 쓸모없는 불모지 땅이었다. 농사를 지을 수 없는 교민들은 가지고 있는 부지런함과 솜씨로 도시 빈민이 되어 바느질을 했다. 서양인의 피가 섞인 브라질 사람들은 옷걸이가 좋아 아무것이나 잘 어울린다. 한국에서 싼 천을 들여다 재봉틀 하나로 시작해 길거리에서 옷을 만들어 팔았다. 그게 대박을 터트리면서 너도나도 참여하게 되고 소문이 나 모이게 된 곳이 상파울루다. 브라질의 옷 70%가 한국인이 좌우한다니 대단하다. 도시 주변엔 빈민가가 많다. 남북전쟁 때 미국으로 팔려 가지 못한 흑인들이 정착한 곳이다. 아름다운 해안과 고층 빌딩, 현대화된 건물, 가난한 흑인들과 어우러진 도시는 묘한 느낌을 준다.

코파카바나 해변은 눈요깃거리로 유명하다. 우리는 주로 얼굴 성형

을 하는데 이곳 돈 있는 여자들은 가슴과 엉덩이 성형을 한다. 하도 많이 하다 보니 기술과 재질도 발전해 세계 최고의 수준이다. 가슴과 엉덩이에 넣은 실리콘은 아무리 무거운 것으로 눌러도 터지지 않는다고 한다. 돈 들여 수술한 여자들이 자랑해야 하는데 그 장소가 이 해변이란다. 완전 T자 팬티에 아슬아슬하게 주요 부위만 가리고 엎드려 있다. 아예 이름을 '꽃밭에 가 봐'라고 부르는 게 좋겠다는 내 말에 모두 웃었다.

바닷가 옆에 위치한 쉐라톤 호텔에는 밤늦게 들어와 전경을 보지 못했지만 아침 시간은 느긋했다. 오랜만에 가져보는 여유다. 호텔 조식도 좋았지만, 대서양의 파도가 밀려 포말을 일으키는 창가에 앉아 우아하게 아침을 먹고 있는 우리는 마냥 행복했다. 룸메이트와 나는 공감대가 비슷한 게 많다. 글을 쓴다는 것 이외에도 살아온 과정이 그랬다. 서로 사진을 찍어주고 마냥 즐거워했다.

"그래! 우리는 지금 이 행복을 누릴 충분한 자격이 있어. 그동안 열심히 살았잖아? 그 대가를 보상받는 것 같아."

"우리 생애 최고의 날이야. 나는 이 장면을 꿈꾸어 왔거든. 이 순간 지선이가 옆에 있어 더 좋다." 그 말을 듣는 순간 갑자기 먼저 간 남편이 생각났다. 지금 같이 있으면 얼마나 좋아했을까? 미안한 생각이 들었다. 서로 위로하며 꿈에 그리던 자아 모습에 도취하였다. 멋진 호텔에서 바다를 바라보며 여유롭게 커피를 마신다. 아마도 이 순간은 긴긴 추억으로 남아 힘들고 지쳐있을 때 위로가 될 것이다.

♠ 프랑스가 독립 기념 선물로 준 양팔 벌린 예수상

리오에 간 것은 리오항의 아름다움도 구경거리지만 언덕 위에 양팔을 벌리고 있는 키 큰 예수상을 보기 위해서다. 예수상은 브라질 독립기념 100주년에 프랑스에서 선물했다. 미국의 횃불을 들고 있는 자유의 여신상도 독립 100주년을 기념하여 프랑스에서 선물한 것이다. 역시 프랑스는 예술의 나라답다. 외교적으로도 탁월한 선택을 한 셈이다. 이런 작품 선물로 자국도 자랑스럽고 받은 나라도 두고두고 감사함을 기릴 것이다. 이런 우호적인 감정에서는 외교관계를 악화시킬 수 없을 것이다. 역사적으로 보면 브라질을 빼앗기 위해 프랑스와 포르투갈은 12년간 전쟁을 치렀다. 당시는 해양 국가인 포르투갈이 막강하여 승리하고 브라질의 지배국이 된 것이다. 미국도 그랬다. 영국과 프랑스가 치열하게 싸우다 영국이 지배하게 된다. 프랑스는 뒤에서 독립전쟁 무기를 대주며 도왔다.

요즈음 중남미가 서방세계에 냉소적인 이유이기도 하다.

　예수상은 710m의 높은 산 위에 있어 등산 열차나 밴을 타고 산에 올라야 한다. 걸어서 올라가는 등산객도 많다. 우리는 밴을 타고 올랐다. 많은 여행객이 몰려 사진 찍느라 법석이다. 세계 7대 불가사의라고 하지만 불가사의는 아닌 것 같다. 사람의 힘이 대단하다는 정도다. 머리에서 발까지 38m, 양팔이 28m다. 36개의 조각으로 이어졌다. 4년 동안 설계하고 6년 동안 만들었다. 다리 받침대는 8m 높이다. 그 안에 작은 성당이 있다. 미사를 드리기도 한다. 시간이 없어 참례는 못 했다.

건너편에는 1912년에 세계에서 3번째로 만들었다는 케이블카가 지금도 운행한다. 빵지 아수까르, 설탕 덩어리라는 애칭으로 불리고 있다. 우뚝 솟은 바위섬과 연결해 리오항의 전체적인 경치가 잘 보인다. 100년 전에 이런 케이블카를 만들었다니 당시의 브라질 경제 문화 위상을 짐작하게 한다. 하지만 계속 추락해온 지금의 상황이 안타깝다. 절벽 같은 바위섬

이라 경치의 아름다움에 자살하는 사람도 있어 자살 예방 철망도 쳐져 있다. 그곳에서 보는 리오항과 대서양, 빈민촌, 화려한 호텔과 자연풍경이 묘하게 어우러져 아름답다. 물은 넘쳐나는데 정수시설이 안 되어 먹을 수 없다 한다. 기술이 없어서가 아니라 세계적인 기술을 보유하고 있지만 국가에서 돈을 주지 않아서다. 그래서인지 멀리서 보는 경치는 아름다운데 자세히 보면 빈민촌에서 흘러 나오는 오폐수가 썩어 냄새가 영 좋지 않다. 물색도 파란색이 아니라 검은색이다.

섬에는 옛 도박장으로 사용한 노란 건물이 있다. 지금은 78세의 가수 호벨드까로스라는 사람이 별장으로 쓰고 있다고 한다. 그분이 유명한 것은, 6번 결혼해 6명의 부인이 모두 암으로 죽고 지금은 혼자 산다는 것이다. 6명 중의 한 명이라도 암이 아니고 수명을 다해 죽었다면 이 가수는 덜 유명해졌을까?

♠ 못 살 수 없는 나라가 못 사는 이유

브라질을 지배하던 포르투갈은 금은보화가 넘쳐나는 브라질을 놓을 수 없었다. 하지만 인디오나 원주민들의 저항은 만만치 않았다. 브라질의 원주민도 식민지에서의 삶이 녹록했겠는가? 마침, 포르투갈이 나폴레옹 침략으로 위기에 빠진다. 영국의 신세를 져야 하는 처지가 되었다. 왕실이 브라질로 피신을 오게 된다. 그러나 나중에 본국으로 돌아가야 할 때 황태자를 브라질에 남겨 왕의 역할을 맡긴다. 아들은 아버지 나라에 선전포고한다. 쇠약해진 포르투갈은 브라질을 놓을 수밖에 없었다. 아들은 독립을 선언하고 브라질 1대 왕이 된다. 1822년이다.

처음엔 왕정으로 시작했다. 2세 왕 둘째 딸이 왕위에 오르자 통 크게 노예해방을 선포한다. 노예를 부리던 귀족들은 불만으로 반란을 일으킨다. 그러나 정당한 명분이 없던 차 파라과이가 해상으로 공격해 오자 노예들을 꼬드긴다. 목숨을 걸고 싸운 노예들이 승리하게 되자 더 난처해진 귀족층은 음모를 꾸며 군사 쿠데타를 일으켜 왕을 내쫓고 공화정을 내세운다. 기득권층은 자기의 지위를 빼앗기지 않으려 한다. 아무리 좋은 발전상이 있어도 자기들이 손해 보는 것은 받아들이지 않는다. 그때나 지금이나 그렇다.

브라질은 면적이 세계 5위다. 거기에다 쓸모 있는 땅의 소유로는 세계 1위다. 지하자원과 보석의 양도 세계 1위다. 여러 번 국가부도 사태가 났지만 눈 하나 깜짝하지 않는 이유다. 미국이나 다른 나라에 큰소리치는 것도 가진 자원이 많아서다. 계산 빠른 미국도 우리나라 부도 사태에는 가혹하게 했지만, 브라질에는 큰소리치지 못하는 이유다. 자연환경도 좋아 커피도 1년에 3번 수확한다.

　못 살 수 없는 나라가 못사는 이유는 간단하다. 정치하는 사람들이 문제다. 부정과 부패와 교육 부재. 사람 사는 곳의 모든 문제는 사람이 문제다. 유치원과 대학까지 무상교육이다. 그러나 문맹률이 높다. 대학을 나와도 일반인들은 취직을 못 한다. 고위층은 비싼 사립학교를 보낸다. 졸업하면 연줄로 그 자녀들도 고위층에 앉는다. 이러니 젊은이들은 공부에 흥미가 없다. 이런 문제가 계속 되풀이된다. 지배층은 서민들이 먹고사는 생필품은 싸게 공급한다. 그러니 서민들은 정치에 관심이 없다. 100년 전에는 지하철을 놓고, 케이블카를 놓고, 선진국으로 살았던 나라다. 그랬던 브라질이 곤두박질한 것은 군인정치에 문어발처럼 곳곳을 장악하고 있는 기득권 때문이다. 그들의 부정부패는 누구도 건드릴 수 없는 아킬레스건이다. 지배층은 이런 사회가 오래 지속되기를 원한다. 국민들이 깨어나지 못하게 일부러 문맹률을 높이고 있는 게 아닌가 하는 생각

이 드는 건 나만의 우려인가? 자원이 많은 건 부러운데, 정치인들이 그 꼴인 것은 한탄스럽다. 이런 사회에 변화를 꿈꾸지 못하고 타성에 젖어 행동하지 못하는 국민들이 안타깝다.

♠ 본국이 잘 살아야 교민들도 힘을 얻는다

브라질에서의 한국 위상은 그동안 좋은 인상이 아니었다. 우리가 올림픽을 유치할 때마다 개고기를 식용하는 문화를 꼬집어 야만인으로 취급한다. 세계인이 열을 낸다. 개를 동반자로 여기는 그들의 문화로 우리의 문화를 칼질하는 격이다. 그들도 우리가 혐오하는 식품들을 식용으로 쓰지 않은가. 그중에 가장 신랄했던 앵커 팻지마가 올림픽 때 한국에 와서 보고간 이후에는 완전히 한국에 반했다. 이제는 한국 대변인 역을 한다는 것이다. 요즘 젊은이들은 K팝에 꽂혀 한국 교포 친구를 알고 지내는 게 자랑이고 부러움이다. 무역으로 수출을 많이 하는 것도 나라 위상을 높이는 것이다. 그러나 세계화가 한순간에 이루어진 오늘날의 젊은 세대에는 문화로 알리는 게 더 효과적이다. 한국 사람만 보면 강남스타일을 부르며 말 춤을 추던 튀르크인이 생각난다.

시집간 여자들은 친정이 든든해야 어깨에 힘이 실린다. 해외에 있는 교포들도 그럴 것이다. 본국이 잘 살고 위상이 높아야 그들도 당당하게 지낼 수 있다. 그동안은 봉제 공장을 가족끼리 운영하며 자식의 진로는 가족 사업을 이어가는 게 다였다. 지금은 자식 공부시키는 데 열을 올린다고 한다. 적어도 4개국 언어는 자연히 배우게 된다. 한국기업이 진출해 와 좋은 일자리가 생겨 활력을 얻는다고 한다. 국가에서도 무상으로 유학까지 보내주는 제도가 있다니 영리한 교포들은 자식 교육에도 열심이다.

이구아수 폭포를 보기 위해 다시 브라질 국내 비행기를 타야 한다. 이구아수는 세계 3대 폭포 중에 가장 크고 웅장하다. 미국의 나이아가라, 아프리카의 빅토리아, 남미의 이구아수가 세계 3대 폭포다. 이 세 개의 폭포는 크기도 하고 웅장하지만, 공통점이 있다. 모두 국경을 나누어 접하고 있다는 점이다. 2개 또는 3개국의 국경에 접하고 있어 다 보려면 3개국 국경을 넘나들어야 한다. 이구아수도 그랬다. 브라질, 아르헨티나, 파라과이를 왔다 갔다 해야 한다. 이들 나라의 국경은 뚜렷한 경계가 없다. 철조망을 연상하는 우리에겐 너무 싱겁다.

출국 수속을 하는데 문제가 생겼다. 여행사에서 우리의 짐 값을 지불하지 않아 짐을 보내지 못한다는 것이다. 이런 황당한 일이. 한 사람당 4만 원이다. 그렇다고 우리가 낼 상황은 아니다. 우리는 여행비에 모든 걸 포함해서 계약했다. 가이드도 처음 있는 일인지 당황해하며 현지 여행사에 전화한다. 일단은 가이드가 대신 지불하고 여행사끼리 알아서 하기로 했다. 한참을 우왕좌왕하다 짐을 부치고 비행기에 탔다.

♠ 여행자의 다양한 모습들

브라질 국내 비행기를 두 시간 넘게 타고 이구아수 공항에 도착했다. 짐을 찾는 과정에서 룸메이트 여행가방 손잡이가 빠졌다. 축구선수였다는 건장한 교포 2세 젊은 남자 가이드가 공항사무실에 가서 확인시켰다. CCTV를 확인한 결과 공항 직원의 실수임이 증명되어 고쳐주기로 했다. 3개국의 국경지대라서 핸드폰 시간이 정신없다. 서로 사용하는 통신사가 다르고 시간 차이가 달라서다. 이런 때는 손목시계가 제격이다.

인디언 말로 물이 많다는 이구아수. 저녁은 이탈리아식이다. 무슨 식이든 식사의 공통점은 고기 위주다. 10년 동안 먹을 고기를 다 먹은 것 같다. 종류마다 부위마다 다른 것을 꼬치에 끼워 종업원이 식탁을 돌아다니며 달라는 대로 잘라준다. 맛있다는 부위와 꼭 먹어 보라는 가이드의 당부가 있었지만, 나중에는 어떤 게 어떤 맛인지 구별이 안 된다. 그냥 최고 맛있는 건 우리 갈비와 불고기다.

그동안은 짐 싸느라 아침마다 정신이 없었다. 이곳에서는 한 호텔에 3

일간 묵는다고 하니 환호성을 지른다. 모두 피로에 지쳐 있던 참이다. 국경지대라서 버스로 3국을 드나들면 되는 곳이다.

　중남미까지 오는 사람들은 여행의 고수들이다. 모두 만만치 않다. 여러 날을 같이 지내다 보니 사람들의 성격이나 취향, 습관들이 눈에 들어온다. 사람 사는 모습은 조금 떨어져 구경하면 다양하고 재미있다. 세계인과 펜팔 하며 펜팔 친구를 만나러 다니는 게 목표라는 남자는 7개국 중에 세 사람을 만났다고 한다. 가장 존경스러운 분은 교편생활을 했다는 76세, 73세의 부부다. 젊은 사람들도 힘들어 몸살을 앓는 데 이 부부는 자세하나 흐트러짐 없이 꼿꼿하게 앞장서 걷는다. 일행에게 걱정을 끼치지 않기 위해서란다. 제일 건강한 모습이다. 여자들이 모이면 여자들만의 수다가 있다. 아직 권위적인 위치에서 벗어나지 못한 남편들 때문에 서로 하소연하는 여자들. 젊음을 되돌려 준다 해도 과거로 돌아가고 싶지 않다는 데는 나도 동감한다. 그중에 관심을 가진 남자는 500만 원을 더 주고 비즈니스석을 타고 왔다는 남자다. 돈이 있어 보이지는 않는데 식사 때마다 술을 산다. 돈 있는 척을 하니 젊은 여자들이 주변에 얼씬거리며 오빠라 불러댄다. 혼자 온 이 남자는 오빠라 불러주는 젊은 여자들에게 물건을 사 주느라 정신없다. 오토바이로 도시락 배달하는 게 직업이라는 것도 아리송하다. 정작 돈 있어 보이는 부동산업자는 조용하다. 한 여자는 이삿짐 들고 오듯이 큰 가방을 가지고 왔다. 날마다 패션쇼를 하며 잘난 척 떠들고 여기저기 참견한다. 오빠한테 물건을 사 달라고 애교를 부려 짐을 더 늘린다. 마트마다 물건을 챙기면 이 오빠가 따라다니며 계산한다. 오빠를 놓고 비슷한 여자와 시샘하더니 결국 언성을 높여 싸우고는 내내 조용해졌다. 혀가 부드럽지 못해 아무나 오빠라고 부르지 못하는 나는, 내 삶에서 손이 대신 힘들었나 보다. 다양한 사람들의 모습을 지켜보는 것도 여행 못지않게 재미있다.

♠ 악마의 목구멍 이구아수 폭포

악마의 목구멍이라는 이구아수의 하이라이트는 장관이다. 바다처럼 넓은 양쪽 강줄기가 한데 모이면서 원형의 모양인 구덩이로 수십 미터 아래로 한꺼번에 떨어진다. 사람이 그곳에 떨어지면 찾는 데 며칠이 걸린다고 한다. 그래서 악마의 목구멍이라는 별명을 얻었다. 이구아수 폭포를 본 미국인은 나이아가라가 불쌍하다고 탄식했다고 한다. 연결되어 이

어지는 수십 개의 폭포와 산책길, 여기저기에서 전경을 불 수 있도록 설치해 놓은 전망대는 아르헨티나 쪽과 파라과이 쪽에서 보는 경관이 다르다. 꼬마열차를 타고 밀림을 지나 숲길을 산책하는 코스도 좋다. 세계

에서 가장 원시적이고 친환경적이라는 숲은 사람의 손이 가지 않은 그대로다. 태풍에 뿌리째 뽑혀 누워 있는 거목도 그대로 방치 상태다. 강에는 상어 새끼만 한 물고기가 다닌다. 자고로 자연은 사람 손이 가는 순간 망가진다. 있는 그대로 놔두면 그들끼리 알아서 살아가는 방법을 터득하는 게 생태계의 본능이다. 그런데도 인간들은 무언가를 해줘야 하는 것으로 착각한다. 코끼리 차를 타고 정글을 지나 물이 많은 강에서 모터보트를 타고 폭포 물줄기를 맞으며 스릴을 즐겼다. 폭포 속으로 왔다 갔다 하며 모터를 운전하는 기사는 환호성에 더 돌아 준다. 모두가 물속에 빠진 생쥐다. 서양 영화 중에 악마의 목구멍에서 촬영한 영화들이 많다.

국기에는 그 나라의 상징이 들어 있다. 아르헨티나는 은이 많이 나 은색이다. 브라질은 금이 많아 노란색과 정글의 초록색이다. 다리에 칠해진 색깔로 어느 나라 국경 쪽인지 구분하게 되어 있다. 이구아수강이 파라과이에서 흘러들어오는 파라나이바강과 합쳐지면서 3국의 국경이 만나게 된다. 서울 두 배의 넓은 땅을 국립공원으로 지정하여 원시림 그대로 놔둔다. 275개의 물줄기가 모여 악마의 목구멍에서 합쳐진다. 1억 2천 년 전에 아프리카와 남미는 붙어 있었던 게 화산으로 갈라졌다고 한다. 그래서인지 산에는 용암이 많다.

　일정이 끝나니 시간이 남아 파라과이 수력발전소에 가보는 게 좋을 것 같다는 의견에 합의했다. 국경을 건너갔다. 2시간 동안 갔는데 허탕이다. 그곳에 갑자기 사법부에서 시찰을 나와 개방을 못 한다는 것이다. 전화도 안 받는다. 선진국과 후진국의 차이다. 내일 다시 가기로 하고 뒤돌아왔다. 오다가 쇼핑가게에 들리자는 여자들의 요구로 마트에 들렀다. 여자들은 쇼핑가게만 가면 정신없다. 기념품의 뒷면을 보니 메이드인 차이나다. 중국이 여기까지 점령한 것이다.

♠ 돌고 도는 역사의 부침浮沈 파라과이의 아픔

　파라과이 수력발전소에 가는 문제로 의견이 분분하다. 발전소에 가봐야 볼 게 뭐 있느냐 그 시간에 호텔에서 쉬고 수영장에서 수영하고 싶다는 주장과, 일정에 들어 있으니 가봐야 한다. 비싼 돈 주고 그런 것을 보러 왔는데 안 보면 후회한다 등. 서로의 의견이 일리가 있다. 거수로 결정하기로 했다. 그런데 15대 5다. 전원일치가 되어야 단체 행동을 하는데 가이드는 난감해한다. 못 갈 사람들은 포기각서를 써야 한다. 여행사에 이의를 제기하지 않겠다는 의미다. 가자고 손든 사람 5명은 나와 룸메이트, 노부부와 펜팔을 한다는 남자다. 한 분이 절충안을 내놓았다. 호텔에서 쉬고 싶은 사람은 각서에 사인하고 그 시간에 쉬기로 하고, 가고 싶은 사람은 다녀오기로 한다는 의견이다. 5명만 버스에 올랐다.

　파라과이 자유무역 도시 시우다 드 델 에스떼를 지났다. 파라과이는 바다가 없는 내륙국이다. 그러나 바다처럼 큰 파라나강이 있어 겨우 바다와 연결된다. 파라과이는 1500년대는 남미에서 땅이 제일 넓었다. 당

시에는 주변국에 거만하게 굴었던 모양이다. 바다로 진출하려고 주변국과 전쟁을 벌였다. 브라질, 칠레, 아르헨티나는 3국 동맹을 맺어 파라과이에 대항했다. 파라과이는 자기들이 시작한 이 전쟁에 패하면서 국토가 줄어들었다. 지금은 가장 낙후된 나라가 되었다. 그러나 인구가 700만 정도라 국민들은 치열하게 경쟁하며 살 필요가 없다. 세금도 적다. 노느라 일할 시간이 없다는 국민이다. 거리는 한가하게 차 마시고 앉아 있는 사람이 많다. 쓰레기가 널브러져 있고 어수선하다. 국제 무역도시는 다른 지역보다 빌딩과 높은 건물이 있지만, 활기차 보이지는 않는다. 근사한 빌딩에 '보니타 김'이라 쓰여 있다. 한국인 남편이 아내 이름으로 빌딩을 지어주었다고 한다. 한국 남자도 한국을 떠나면 멋진 남자가 되나?

여기 교민들은 돈 쓸데가 없어 돈을 모을 수밖에 없다니 좀 재미없는 삶이다. 브라질과 파라과이도 서로에게 준 상처가 많아 사이가 좋지 않다. 브라질 대통령이 화해를 시도해 1965년에 양 국가를 잇는 다리를 놓으면서 서로 경제적 이익을 추구하게 된다. 세계 7대 불가사의라고 하는 이따이쁘 댐은 브라질과 파라과이 합작으로 만든 수력발전소다. 발전량이 세계에서 제일 많다. 두 나라가 합작해 파라나강을 이용해 20기의 발전기를 만들었다. 파라과이는 땅을, 브라질은 비용을 내서 만들었다. 인구가 적은 파라과이는 전기를 다 쓰지 못한다. 남은 전기를 브라질에 전량 팔기로 하고 만든 수력발전소는 서로가 이익이다. 파라과이는 국가 수익을 고정적으로 낼 수 있고 브라질은 싼 가격으로 전기를 사용할 수 있다. 강이 얼마나 넓은지 바다인 줄 알았다. 20개의 발전기 한가운데가 두 나라 국경 경계다. 양쪽의 모습이 확연히 다르다. 경제 수준이 높은

브라질 쪽은 관리가 잘 되어 있다. 페인트 색이 밝고 환하다. 파라과이
쪽은 색이 퇴색해 있어 우중충해 보인다.

100년 동안 추락하는 / 아르헨티나

3

♣ <u>아르헨티나여 영원하라고 했던 에비타는?</u>

호텔에서 묵는 동안 몸이 좀 쉬었다. 고장 났던 가방도 고쳐 왔다. 비행기 탁송비로 기분을 상하게 해 미안하다는 여행사의 사과로 저녁은 한식으로 준비했다는 가이드 말에 모두 환호했다. 아침에 버스로 국경을 통과해 이구아수 공항으로 갔다. 부에노스아이레스로 가기 위해 김밥을 받아 들고 두 시간 비행기를 타야 한다. 아르헨티나는 꼭 와보고 싶었다. 이민을 꿈꾸던 남편은 여러 번 이민을 시도했다. 나를 만나기 전에는 미국에 취업 이민을 수속 중이었다. 나는 이민을 가지 않겠다고 해 남편은 미국 이민을 포기했다. 해외에 있을 때는 파라과이 영주권을 샀다. 이민 공사를 통해 아르헨티나 이민을 신청해 서류가 다 끝날 무렵이다. 시부모님의 단식투쟁으로 결국 또 이민을 포기했다. 남편의 이민 목적지는 미국이었는데 우회해서 가려는 계획이었다. 그때만 해도 아르헨티

나는 우리보다 잘 사는 나라였다.

공항에서 기다리는 남자 가이드는 연세가 있어 보인다. 주재원으로 근무해 잘 나가던 때 퇴직 후 전망을 봐 이곳에 눌러앉았다고 한다. 몇 년 동안은 우울증에 걸린 아내 때문에 후회도 했는데 지금은 잘한 선택이라 한다. 한국인처럼 조급하고 치열한 경쟁에 시달리지 않고 늦은 나이에도 일할 수 있어서란다. 시적인 언어를 구사하는 그분의 유머가 피로를 씻게 했다. 또 김밥 두 줄을 주었다. 두 끼를 김밥으로 먹었다.

아르헨티나는 1910년대는 세계 5대 부국이었다. 각국에서 아르헨티나에 선물 공세도 많았다. 한국에서 보내온 다보탑 선물은 너무 초라해 잘 보이지 않는 변두리에 처박아 두었다고 한다. 이후 100년 동안 계속 추락하고 있다. 땅은 한국의 30배다. 모두 평원이라 쓸모 있는 땅이다. 1965년도에 우리 정부에서 실시한 농업이민도 실패였다. 정부의 준비 부족이다. 이곳의 사정을 모르고 무조건 사람만 보낸 것이다. 우리식의 텃밭 같은 농업이 아니라 기업적인 대규모 농업이 필요한데 정부는 그 대책이 없었다. 아니 작은 땅에서만 살았기 때문에 규모를 몰랐을 것이다. 이민자들도 돌아갈 형편이 안 되니 여기서 살아내야 했다. 유흥 쪽에 빠지기도 하고 봉제업에 성공한 사람도 많다.

한국인의 부지런함은 사막에 내놓아도 잘 살아간다. 말도 안 통하고 사막 한복판에 홀로 떨어져 있는 느낌일 것이다. 생소한 땅에서 적응하며 살아내느라 애썼을 교민들을 생각하니 마음이 찡해 왔다. 어쩌면 나도 겪었을 일인지도 몰랐다. 넓은 땅에 인구가 남한보다 적다. 국민소득이 7천 불인데 3만 불인 우리보다 여유롭고 느긋하다. 과연 잘 산다는 게 어떤 것일까? 있는 그대로를 즐기며 조금 덜 가지고 행복하게 사는 것이 옳은가? 쌓아놓고 더 가지지 못해 불만스럽게 사는 게 옳은가에 대한 생각을 해본다.

♣ 빈민의 애환을 표현한 춤, 탱고의 발상지

아르헨티나와 브라질은 우리와 일본 관계다. 축구 때문이다. 중남미가 대체로 축구에 강해 우리는 그들과 맞붙게 되면 먼저 기가 죽는다. 그러나 브라질과 아르헨티나는 전쟁 같은 경기를 치른다. 아르헨티나는 백인이 80%다. 다른 중남미에 비해 백인 비율이 높다. 가톨릭국가다. 스페인과 이탈리아인이 반반이다. 언어는 스페인어다. 영하로 내려가지 않는 기후는 농사에 적합하다. 요즈음은 아시아의 정책이나 교육시스템을 배우려 혈안이 되어 있다. 경제는 중국의 의존도가 높다. 중국은 미국이 방심하고 있는 사이 아프리카와 중남미를 자기편으로 끌어당겼다. 미국은 도와주면서 욕먹고 배척당하는데 중국은 원조만 해주고 내정간섭을 안하기에 더 좋아한다. 그러나 중국은 실속 있게 자원이나 경제 쪽에 깊숙이 관여하고 있다.

부자가 망해도 3년은 먹을 게 있다더니 두 번이나 IMF 구제금융을 받았어도 국민들은 개의치 않는다. 전성기에 화려했던 모습들은 지금도 화려해 보인다. 마데로 항구 도시는 강남 같은 도시다. 육교는 날렵한 여자 다리 같기도 하고, 탱고를 추는 무용수 같기도 하다. 시간이 되면 큰 배가 드나들 수 있도록 올라간다. 축구 강국인 만큼 축구장도 크다. 팬들을 위한 유니폼이나 축구공, 선수 얼굴이 새겨진 티를 파는 가게가 많다. 피혁제품이 유명하다는데 디자인과 바느질이 별로다.

탱고가 시작되었다는 보카 마을 거리는 빈민촌이다. 아프리카에서 노예로 잡혀 온 흑인들과 이민자들이 정착한 곳이다. 중노동에 시달리다

향수를 달래며 모여서 고향 노래와 춤을 추었던 게 세계로 번진 곳이다. 부두 노동자나 그곳에 기생하는 창녀들과 빈민촌의 이민자들이 애환을 나누며 추었던 춤이다. 이 춤이 유럽에 건너가 접목되면서 에로틱하면 서도 열정적인 탱고 춤으로 변신하였다. 보카 지역은 낡은 집을 가리기 위해 화려한 색으로 칠했다. 원색적인 페인트칠이 육감적으로 느껴진다. 술집 곳곳에는 무용수들이 춤을 추며 사람의 눈길을 사로잡는다. 유방 과 입술을 유달리 크게 표현한 그림이나 마네킹들이 참 촌스럽기도 하 다. 최초 유럽 이민자들이 입국한 보카 지구는 크게 달라지지 않은 것 같다. 가난이 대물림되는 현장이다. 어디 가나 빈부의 차이가 클수록 국 가의 흔들림이 많다.

　수도 중심가에 70년에 걸쳐 공사했다는 대성당은 잘살았을 때 영광을 보여 주듯이 화려하다. 프란치스코 전 교황이 주교 시절에 계셨다는 인연으로 관광지가 되었다. 안에는 미사드리는 신자 석이 있고 순례자나 여행객이 다닐 수 있도록 성당을 개방했다. 성당 자체가 예술품이다. 지하는 귀족과 주교나 성직자의 무덤이라는데 창살로 되어 있다. 미라로 되어 있는 시신이 그대로 보인다. 우리나라 사람은 기절하고 혼비백산할 일이다. 그러나 유럽 사람들은 죽음과 삶이 하나라고 생각해 공동묘지도 마을 안에 공원으로 되어 있다. 성당 지하실은 묘지다. 죽어 성당 안에 있으면 기도를 많이 받아 천국에 빨리 간다는 믿음일 것이다.

♣ 거룩한 악녀, 천한 성녀, 에비타 영부인

　아르헨티나도 군부독재 시절 3만 명의 국민을 죽이고, 납치하고, 암매장시켜 세계가 경악했다. 우리도 군인정치의 비극을 겪었지만 1976년부터 시작한 독재는 이 나라를 100년 전으로 후퇴시켰다. 자식을 납치당한 어머니들이 날마다 광장에 모여 기도하고 침묵시위를 했다. 그들은 머리에 두른 스카프를 엮어 항의 표시를 했다. 군부독재가 물러가면서 민주화운동을 기리기 위해 어머니회에서 스카프 형상을 모자이크로 꾸몄다. 5월의 광장이다. 바로 앞에는 대통령궁이다. 대통령은 헬기로 출퇴근한다는데 휴일에는 대통령궁 내부를 시민에게 개방한다. 이날은 휴일이 아니라서 우리는 내부를 보지 못했다.

대통령궁 베란다에서 부르짖은 '아르헨티나여 영원하라!'는 에비타의 연설은 아르헨티나 국민을 감동시켰다. 세계 사람들이 신화처럼 동경하고 뮤지컬로도 유명하다. 그녀의 일생은 굵고 짧았다. 시골 농부의 사생아로 태어나 신분 상승을 위해 수단과 방법을 가리지 않았다. 자기 나이 두 배나 되는 연상의 군인을 만나 결혼했다. 남편을 적극 뒷바라지해 대통령에 당선시켰다. 부자에게는 냉정했지만 가난하고 어려운 소외계층이나 노동자를 위해 복지정책을 과감하게 폈다. 국민에게 인기와 환호를 받았다. 권력에 대한 욕망도 많아 부통령에 입후보했다. 그러다가 34세의 나이에 암으로 죽게 된다. 모든 국민들이 애통해하며 한 달 동안 국빈장을 치렀다. 대통령인 남편은 그녀를 영원히 보존하기 위해 미라로 만들었다. 대통령궁 발코니에서 "아르헨티나여 영원하라!"는 그녀의 목소

리는 군부독재를 겪은 어둠 속에서 희망이었을 것이다. '거룩한 악녀, 천한 성녀' 그녀를 가리키는 말이다.

한 건물에 이중삼중으로 사람들이 줄 서 있다. 끝이 안 보인다. 무슨 일이냐고 물으니 1858년부터 있던 카페란다. 그곳은 사랑방도 있고 아르헨티나의 역사적 인물 흉상도 있어 그 카페에서 차 한 잔 마셨다는 게 영광이고 자랑이란다. 누구도 불평 없이 줄을 서 차례를 기다린다. 1913년부터 지하철이 다닌 아르헨티나의 경제는 마이너스다. 그렇다고 심각하게 걱정하지도 않는 것 같다. 인플레이션이 50%이고 밥 먹듯이 구제금융을 지원받는다. 자원이 넘쳐나도 일부에 치우쳐 일반 국민들은 가난하다. 치안이 불안한 이유다. 남미의 파리라고 부르는 부에노스아이레스의 현실이다. 한인촌에는 3만 명 정도가 살고 있다. 5시가 넘으면 모두 가게 셔터를 내린다. 한인촌 주변엔 총기를 소유한 악명 높은 마약 촌이 있어 밤에는 철통같이 방어한다. 교회 이름과 해운대 음식점 간판도 한글이다. 저녁은 해운대 음식점에서 부산 아줌마가 해주는 음식을 먹었다. 도망같던 정신이 돌아온 것 같다. 여기 아르헨티나 현지인은 생선을 잘 먹지 않는다. 그동안 고기만 먹었더니 김치와 생선이 반갑다.

예윤덕회관
Restaurant
1471
PROTEGIDA
Sialar
637 · 9393

4

♣ 애니깽, 슬픈 이민의 역사

부에노스아이레스에서 밤 비행기를 9시간 반을 타고 아침에 멕시코시티에 도착했다. 세계인을 상대로 여행 설문조사를 하면 가고 싶은 곳 1위가 멕시코시티다. 공항 출입국장에는 대부분 삼성 광고판이 붙어 있는데 이곳은 중국 화웨이 광고가 눈에 뜨인다. 멕시코는 우리와 축구 대결을 할 때마다 저울질하는 나라다. 브라질과 아르헨티나보다는 만만하게 여겨서다. 87년도에 이곳에 왔다는 가이드는

여행사 사장이다. 실습생 두 명이 따라다닌다. 중년인 남자와 대학을 갓 나온 젊은이다. 이곳의 경제 사정도 좋지 않아 취업하기가 어렵다고 한다. 1968년도에 올림픽을 치른 나라다.

'애니깽'으로 알려진 멕시코의 이민사는 우리에겐 아픈 역사다. 일본인에게 속아 처음 1,300명이 왔다. 그러나 농장에 노예로 팔려 가 사탕수수밭에서 착취당하는 고된 삶을 살아내야 했다. 교민이 1만 2천 명 정도가 있었으나 지금은 6천 명 정도다. 미국 쪽에 현대기업으로 가고 남은 교민들은 옷 장사나 도매업에 종사한다. 거대한 꿈을 안고 머나먼 타국에 와 고생한 이민자들의 뜨거운 눈물이 느껴지는 것 같다. 1962년 우리와 대사급 국교를 맺었다. 북한과는 1994년에 영사관급 수교를 맺었으나 요즈음은 주재원만 몇 명 있다고 한다.

멕시코도 80년쯤에서 성장이 멈춘 듯하다. 웅장하고 높은 빌딩은 이미 그전에 있던 것들이다. 중산층이 이용하는 물가와, 서민이 이용하는 물가가 다르다. 빈부 차가 심해서다. 잘사는 사람은 고급 물건을 쓰고,

못사는 서민은 아예 저급 물건을 사용하기 때문이다. 도시가 분지로 되어 있어 매연이 많다. 차량은 6개월마다 매연 검사를 해야 한다. 멕시코는 남한의 24배의 면적에 인구는 1억이 넘는다. 수도인 멕시코시티는 서울 면적의 4배다. 좋은 여건에서도 후퇴하는 것은 멕시코 역시 정치인의 부정부패와 교육의 부재, 너무도 낙천적인 국민성 때문이다. 정치인이 마약 단체와 손잡고 정치자금을 받고 있으니 온전하게 나라가 안정되어 가겠는가?

집들이 높지 않은 것은 연 10회 이상의 지진이 오기 때문이다. 80%가 스페인어를 쓴다. 300년 동안 스페인이 지배했기 때문이다. 태양신을 믿는 토속신앙이 가톨릭으로 개종하면서 물리적인 충돌도 있었지만, 약간씩은 절충해서 유럽의 가톨릭과는 분위기가 다르다. 85%가 가톨릭이니 국교인 셈이다. 해방신학이 발전한 것도 남미에서의 독특한 분위기 영향을 받았을 것이다. 임금이 너무나 싸 노동자들은 아무리 열심히 일해도 생계유지가 어렵다. 중국보다 싸다. 그래서 가족 중의 한 명은 미국으로 불법취업을 나가 돈을 송금해 와 가계를 꾸려 나간다. 미국에서 철조망을 치면서까지 막아보려 하지만 목숨을 걸고 들어가는 이유가 있다. 배고픔은 생존의 문제고, 살아 있는 동안까지는 먹어야 살아내기 때문이다.

♣ 프리다 칼로 상처가 꽃이 되다

멕시코 원주민인 인디오는 우리 민족의 조상들과 같은 종족일 거라는 학술 발표가 많다. 우리와 언어도 같은 게 많다. 아기를 업을 때 포대기를 사용해 뒤로 업는 것은 지구상에 유일하게 두 민족뿐이다. 머리에 짐을 이고 가는 풍습도 그렇다. 생김새도 비슷하다. 검은 머리와 동글납작한 얼굴. 학자들은 몽골리안의 이동 경로에서 추운 시베리아에서 따뜻한 곳으로 이동해 내려왔을 것으로 추측한다.

프리다 칼로 박물관을 갔으나 예고 없이 문을 닫아 버려 허탕 치고 왔다. 이튿날 일찍 가서 줄을 서 기다렸다. 전날 문을 열지 않은 것은 자기네들 직원파티가 있어서라나. 참, 제멋대로 사는 사람들이다. 우리 같으면 뉴스에 나오고 인터넷에 난리가 났을 텐데 이 사람들에게는 예삿일이다. 멕시코의 유명한 여류화가 프리다 칼로. 그녀 생가에 그녀의 작품과 유품을 전시하고 박물관으로 만들었다. 입장료도 비싸다. 그러나 그녀의 생애와 작품을 보기 위해 세계 사람들이 찾아와 줄을 선다. 역경을 이겨낸 파란만장한 삶을 그린 책도 우리나라에 번역되어 몇 권인가 나왔다. 독일계 유대인 아버지와 멕시코 어머니 사이에서 태어난 프리다는 6세 때 소아마비를 앓는다. 18세 때 교통사고로 온몸이 망가져 30번의 수술을 받는다. 일어나지 못한 상태에서 무료한 시간을 보내다 침대에서 그림을 그린다. 보수층 학교에 여자로서는 처음 입학하지만 개성이 강해 문제아로 찍힌다. 예술인의 성격은 좀 독특하기는 하다. 멕시코 민중혁명 시기에 디고 리베라를 만난다. 21세의 나이에 21세가 더 많은 사람에게 빠져 결혼하게 된다. 디고 디베라는 뚱보에다 바람둥이다. 몇 번인가 결혼했던 당시 유명한 화가다. 프리다 본인이 졸라서 결혼한 삶은 행복하지 않았다. 남편이 여전히 바람을 피우고 속을 썩이고 가정에 충실하지 않았기 때문이다. 그러나 예술적인 면에서는 서로 영감을 교류한다. 록펠러재단에 벽화도 같이 작업하면서 당시에는 드물게 자기의 예술세계를 굳혀 간다. 도저히 같이 살 수 없는 남편과 이혼하지만, 혼자 있는 외로움도 견디기 힘들어 방황과 방탕으로 지내다 다시 결합한다. 여자로서는 최악에 불행한 삶의 연속이다. 54세에 사망하자 남편도

2년 후 사망한다. 부부가 남긴 그림은 독특하다. 그녀의 그림 30%는 자기의 내면을 그린 자화상이다. 마음의 상처를 그림으로 형상화했다. 혹자는 페미니즘의 원조라고도 한다. 당시에는 여자가 이런 시도를 한다는 게 생각 밖이었다. 끊임없이 도전하고 극복하며 자신의 감정과 의식을 표현한다는 게 생소했던 시기다. 전시품에는 수술하며 재활했던 기구들, 보조

의료기, 그림 도구, 생활용품들이 진열되어 있다. 집 전체를 파란색으로 칠했다. 정원도 아담하다. 그림을 사진 찍으려면 2달러를 내야 한다. 자화상 중에 얼굴은 본인이고 몸은 사슴인데 수십 개의 화살을 맞아 피를 흘리는 그림에 가슴이 아팠다.

♣ 재벌이 운영하는 미술관을 보며

소우마야 미술관은 시내 중심에 있다. 건물이 특이하다. 멀리서 봐도 평범한 건물은 아니다. 카를로스 슬림의 사위인 페르난도 로메로가 설계했다. 도둑을 예방하기 위해 빌딩 전체에 창문이 없다. 단 한 군데 공기

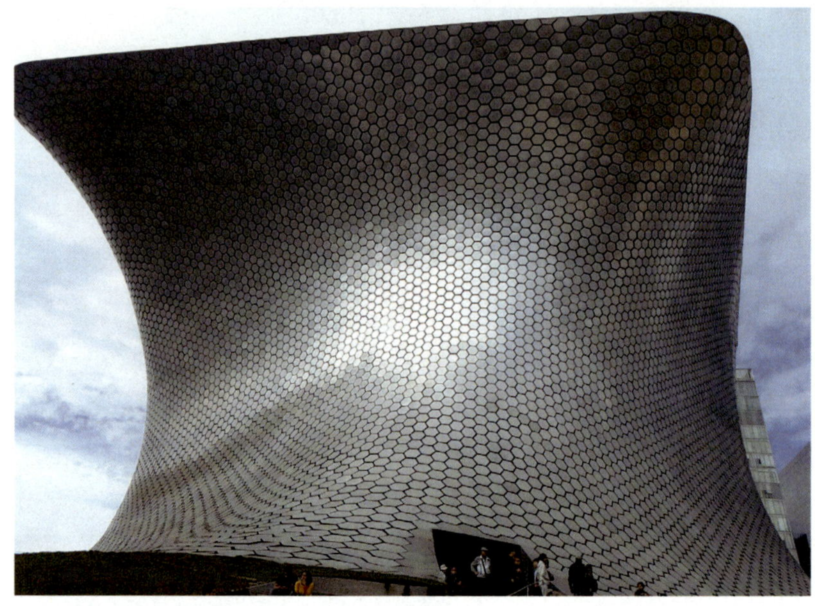

구멍이 있는데 천정이다. 그곳도 그냥 뻥 뚫어진 게 아니다. 통신사업으로 돈을 많이 번 통신 재벌 카를로스 슬림이 사회에 기부한 건물이다. 전에는 빌 게이츠보다 부자였다 한다. 역시 돈이 있어야 이름도 있다. 그는 부인 이름으로 미술관을 만들었다. 부자이면서도 기부하지 않는 부자로 유명하다. 대신 카를로스 슬림은 어려운 사람을 위한 사업을 많이 했다. 일회성이 아니라 빈민이나 가난한 청년들의 일자리를 만들어 준다고 한다. 그래서인지 이 미술관에서 일하고 청소하는 사람들은 유색인이다. 미술관은 입장료가 무료다. 가난한 사람들의 문화적인 접근을 위해 모든 게 공짜다. 66,000점의 미술품은 동서양을 막론하고 사들인 수집품이다. 이 부자는 아내가 죽었는데도 재혼을 안 하고 혼자 산다니 경이롭다. 입구에는 로댕의 '생각하는 사람' 작품이 제일 먼저 눈에 들어온다. 로

댕은 12개의 생각하는 사람 작품을 만들었다. 판을 만들어 찍어낸 것이다. 친필 사인도 있다. 그 옆에는 지옥문이라는 거대한 작품이 있다. 지옥에 들어가는 군상들의 다양한 모습이 조각되어 있다. 그곳에 있는 작품들을 하나하나 분리해 또 하나의 작품으로 한 층을 전시했다. 이 작품에서 지옥에 가는 사람들의 공통점은 성의 문란이다. 주로 종교적인 그림이나 성화聖畵 작품들이 많다. 그림뿐 아니라 조각도 많다. 중국 도자기, 상아조각, 불교용품도 많다. 가구도 있다. 우리나라 것은 보이지 않는다. 각국의 동전도 다양하게 모았다. 6층까지 넓은 전시장은 자유롭게 볼 수 있다.

삼성에서 운영하는 리움미술관을 가보았을 때 너무 위압적이어서 불안했던 기억이 난다. 입장료도 생각보다 비쌌다. 재벌들이 돈세탁을 합법적으로 할 수 있는 게 미술품이라 한다. 그래서인지 미술관을 가지고 있는 재벌들이 많다. 삼성이 우리나라 굴지의 재벌이면서도 국민에게 친근

69

하게 느껴지지 않는 것도 권위적이고 사회 환원이 적어서일 것이다. 우리나라 재벌들과 부자들은 언제쯤 존경받는 위치에 설 수 있을까?

멕시코시티 중심가에 있는 소깔로 광장은 그야말로 광장이다. 다양한 사람들이 광장에 나와 노점을 벌이고 있다. 구걸하고, 구경하고, 젊은이들은 골목에서 요란스럽게 시끄러운 음악에 몸을 흔든다. 길옆에 미국대사관은 철 구조물로 방어벽이 쳐져 있다. 어디를 가나 미국대사관은 이 모양이다. 그들이 환영받게 하지 못한 결과일 것이다. 유네스코에 등재된 소깔로 광장은 오스트리아 황제 막시밀리안이 3년간 통치한 곳이라 그 흔적들이 혼재해 있다. 채권 문제가 있어 멕시코를 3년간 통치하면서 금은보화를 챙겼을 것이다.

♣ 과거와 현재가 공존하는 광장

　도심 한 중앙에 높게 솟아있는 순금으로 칠한 천사상이 있다. 36m 높이다. 멕시코 독립 100주년에 프랑스로부터 선물로 받은 기념탑이다. 네 기둥은 법·정의·전쟁·평화를 상징한다. 무슨 일이든 의도는 좋은데 실천이 어렵나 보다. 천사상 안에는 독립운동의 지도자였던 신부들과 영웅들의 유골이 있다. 당시에는 멕시코가 잘 나가던 때라서 청동으로 받았는데 순금으로 칠했다.

　저녁은 전라도 식당이다. 교민 식당이다. 일행은 환호성을 질렀다. 김치찌개와 갓김치, 젓갈, 부침개, 죽어 가던 입맛을 일깨워 계속 리필한다. 해운대 식당 주인은 부산 사람이고 전라도 식당 주인은 정읍이 고향이란다. 수더분하게 생긴 주인은 아직도 전형적인 한국 아줌마티를 벗지 못하고 있다. 음식은 역시 전라도라며 참으로 오랜만에 맘에 드는 식사

를 했다. 모두 행복해하는 저녁이다.

밤거리는 어디나 젊은이들의 열기로 넘쳐난다. 멕시코 흥과 젊은 혈기
들이 여기저기에서 분출되어 요란하고 시끄럽고 불안하다. 인디오 추장

모습을 하고 쇼하듯이 주술 행위를 춤으로 연출한다. 낮에는 더워 밤에 모든 사람이 광장에 나온 것 같다. 이런 광장에서 숙연해지는 곳이 있다. 인도를 차지하고 있는 중고 서점이다. 줄지어 있는 간이서점에는 많은 사람이 책을 고르고 사가는 모습이 보인다. 젊은이도 있지만 나이 드신 분도 많다. 서점이 없어지는 우리와는 대조적인 모습이라 신선하다. 멕시코의 미래와 희망을 보았다.

옛 유적과 현대건물, 과거와 현재가 공존하는 광장은 묘한 매력이 있다. 그래서 가고 싶은 세계 여행지 1위로 뽑혔나 보다. 바로크 양식으로 지어진 큰 성당에 들렀다. 태양 신전을 허물고 지은 성당은 어마어마하다. 둘러보는 데도 어디가 어딘지 모르겠다. 규모와 크기도 그렇지만 그곳 제대에 세워진 십자가 예수상이 까맣다. 서양에서 볼 수 없는 모습이다. 아마 서양 지배를 많이 받았던 저항에서 서양 사람을 닮은 예수님상이 아니라 자기들의 피부를 닮은 예수상을 만든 게 아닐까? 생각해 보니 예수님은 서양 사람이 아니라 중동 사람이다. 지금 우리에게 각인된 예수의 모습은 서양인들의 조작일

수도 있다.

주변에 그대로 방치한 듯 유지된 태양 신전의 터가 우리의 상상보다 대단하다. 번성했던 잉카인들이 망한 이유는 스페인의 직접적인 총칼보다는 부족끼리의 분열이라고 한다. 강대국이던 이 부족이 주변 부족을 침략하여 붙잡아온 사람의 심장을 빼 제물로 바쳐 왔으니 그에 대한 원한이 많았을 것이다. 이에 인신을 제물로 바치지 않는 종교에 호의적이었을 것이다. 피해 부족들이 뭉쳐 강대국 부족에 대항함으로써 스페인은 힘들이지 않고 멕시코를 지배할 수 있었다.

♣ 황인 모습으로 발현한 성모 과달루페성당

도시 한 중심에 있는 차풀테펙공원 안에 차풀테펙성이 있다. 성은 언덕 위에 있어 공원을 한참 걸어 올라가야 한다. 멕시코 혁명 기념관이다.

우리나라 독립기념관과 비슷한 곳이다. 역사관에는 멕시코 독립을 위해 싸워온 위인들과 민중혁명에 대한 그림, 멕시코를 지배했던 식민지 시대의 총독, 귀족, 다녀간 주교들의 사진과 흉상이 그대로 전시되어 있다. 아픈 역사도 역사인지라 있는 그대로 전시한 것이다. 스페인 귀족 부인들이 살면서 남긴 유물들이 요즈음 것보다 화려하다. 500년 전에 사용한 침대와 가구들은 지금 것하고 별반 다르지 않다. 다만 그들의 키가 지금보다 작았는지 가구들이 작았다. 더욱 흥미로운 것은 그때도 수세식 화장실이 있었다는 것이다.

최후의 전투에서 이 성을 지키던 6명의 결사대가 적군에게 몰살되려 하자 적에게 빼앗길 수 없다며 국기를 안고 절벽에 떨어져 죽었다는 감동적인 이야기가 있는 그림과 그들을 상징하는 조각품이 세워져 있다. 그 앞에 성화 모양으로 전지한 나무가 인상적이다. 항상 그 정신이 불꽃으로 타오르는 느낌이다.

500년 전에 최초로 성모님이 발현한 과달루페성당에 갔다. 멕시코는 스페인의 선교지다. 처음 세례 받은 원주민 인디오 앞에 나타난 여인은 언덕 위에 성당을 짓도록 대주교에게 알리라고 한다. 스페인 주교가 원주민의 말을 쉽게 믿을 리 없다. 후안 디에고는 증표를 요구하는 대주교의 말을 여인에게 전한다. 여인은 디에고의 망토에 한 아름의 장미를 주

며 주교에게 전하라 한다. 망토는 선인장 껍질로 만든 원주민의 허름한 옷이다. 대주교 앞에 펼쳐 보이자 주교는 그 앞에 무릎을 꿇는다. 겨울이라 장미꽃이 필 계절이 아니었다. 또한 그 장미는 고향 스페인에서만 피는 꽃이다. 더욱이나 망토에 그려진 갈색 얼굴의 성모 모습이 눈부셨다. 그때서야 주교는 1533년 언덕 위에 성당을 짓는다. 이후 인디오들은 가톨릭으로 개종해 온다. 이단화되는 것을 막기 위해 주교들이 믿지 못하게 했지만, 원주민들은 빠르게 개종하였다고 한다. 교황청에서도 여러 검증을 통해 정식으로 기적임을 인정했다. 최근에는 이에 의심하는 사람들이 많아 미국 항공우주 나사에서 정식으로 과학적인 실험과 조사를 했다. 결론은, 인간이 그린 그림이 아니라는 판단을 내렸다. 이곳 성지를 찾는 세계인이 줄을 잇자, 성당을 더 크게 지었다. 오래된 발현 성

당은 지금도 언덕 위에 있다. 인디오와 비슷한 얼굴과 모습으로 발현한 성모님. 어렵고 힘들게 살아가는 인디오를 위로하고 인신 제물을 바치는 그들의 종교의식을 바르게 이끌고 싶었던 건 아닐까? 지금도 성당에는 500년 전 그때 옷에 박혀 있는 성모 모습이 그대로 보관되고 있다. 디에고가 입었던 망토는 우리의 삼베와 비슷해서 원래 수명이 35년이라 한다. 과학으로는 풀기 어려운 신비다.

♣ 멕시코에도 큰 피라미드가 있다

피라미드 하면 이집트에 있는 파라오 무덤만 생각한다. 그러나 멕시코에 더 많은 피라미드가 있다는 걸 처음 알았다. 멕시코의 피라미드는 무덤이 아니고 태양신에게 제물과 기도를 드리기 위해 높이 쌓은 제단이다. 세계에서 3번째로 규모가 크다. 이집트와 다른 점은 꼭대기가 제단이다. 끝이 뾰족한 게 아니고 편평하다. 사람의 심장을 제물로 바쳤으니 잔인하다고 하겠지만 신에게 바치는 것은 꼭 생명이어야 하고 가장 귀한 것이어야 했다. 성경에도 동물을 바치는 의식이 있다. 피라미드를 보러 가기 위해 도심에서 외곽으로, 버스로 한참을 간다. 차창으로 보이는 달동네는 한 시간 동안 이어진다. 멀리서 보면 지붕이 색색으로 예뻐 보인다. 더러운 것을 감추기 위해 화려한 포장을 한 것 같다. 광고판에 숫자만 쓰인 게 궁금하다. 임대업자 전화번호다. 점심은 야외에 오픈된 뷔페다. 멕시코 넓은 모자를 쓴 악단이 우리를 보더니 부산항을 부른다. 팁을 기대하는 것이다.

도착한 곳은 테오티우아칸 문명의 유적지다. 해의 피라미드와 달의 피라미드가 있는 폐허의 유적지다. 기원전 2세기에서 기원후 5세기경까지 유지했던 도시다. 당시에는 25만에서 35만의 인구가 살았다니 거대한 도시였다. 신전 터와 허물어진 건축물의 잔해는 지금 보아도 어마어마한 도시였음을 증명한다. 먼저 지은 달 신전은 해 신전보다는 작다.

주변에는 잡상인도 많아 관광객을 따라다니며 흥정한다. 룸메이트가 카펫 하나 살까 하는 마음으로 구경했다. 가격을 물어보니 180달러란다. 그 가격이면 한국에서도 사는데. 뒤돌아서니 계속 따라다니며 흥정한다. 귀찮아서 내가 "50달러" 했다. 그 가격이면 안 팔겠지 싶어서다. 처음엔 아니라고 하더니 결국 50달러에 주겠다고 한다. 어쩔 수 없이 짐스러운 카펫을 사야 했다. 물건을 사지 않는 나는 여행지에서 사 들고 오는 게 있다. 그곳의 토속적인 작은 악기다. 음악을 가르치는 딸에게 주기 위해서다. 이번에도 각 나라에서 하나씩 샀다. 그럴듯하게 연주하는 길거리 악사 상인이 불고 있는 악기에 호기심이 갔다. 옛 부족 인의 모습을 도자기로 만들어 작은 구멍을 뚫었다. 불어서 연주하게 되어 있다. 장식품으로도 손색이 없다. 하나에 20달러 달라는 것을 3개에 20달러로 흥정했다. 돈 쓰는 오빠가 나와 룸메이트에게 선물로 사 주겠다고 계산했다. 셋이 하나씩 나누었다. 만원도 안 되는 돈인데 괜히 빚진 기분이다.

돌아오는 비행기는 몬테레이를 경유해서 왔다. 22시간이 걸리는 비행에 진력이 난다. 인천공항에 도착해 서로에게 격려했다. 무사히 돌아왔음을 축하한다는. 서로가 대견하다고. 더 늦기 전에 잘 다녀왔다고.

5

♠ 공항에서 처음 만난 룸메이트

계획은 세웠지만 여의찮았다. 경비와 뜻과 시간과 건강이 맞는 동반자를 구할 수 없어서다. 방을 혼자 쓰기에는 비용이 많이 든다. 장기간 독방은 감당하기 어려운 외로움이다. 부탁했던 여행사에서 연락이 왔다. 나처럼 혼자 여행을 신청한 사람이 있는데 같이 가겠느냐고. 이것저것 저울질할 일이 아니다. 여러 가지 걸리는 일이 많았지만 가겠다고 흔쾌히 대답했다. 미국은 너무 넓어서 한꺼번에 다녀오는 것은 무리라고 주변에서 만류했다. 무모하게 동부·서부 캐나다를 일주하는 일정을 택한 것이다. 각각 따로 가면 경비가 더 많이 들기 때문이다.

공항에서 처음 만난 룸메이트는 나보다 여덟 살이나 젊은 여자다. 장기 여행에 배낭만 달랑 메고 왔다. 나도 여행 짐은 간소한 편인데 그녀는 너무 심플하다. 잘 지내보자고 악수하고 둘이 비행기에 올랐다. 경비를 아끼려고 외국 항공을 택했다. 디트로이트 공항에서 국내선 비행기를 갈아타야 한다. 둘이 초보라서 불안하고 답답하다. 그녀는 호주에서 몇 년 살았다고 하기에 영어는 잘하겠지 그렇게 생각했다. 한국 사람들만 있는 곳에서 살다 와 영 아니란다. 그렇다고 토막 수준인 나도 나를 믿을 수 없으니 불안하다. 12시간 비행기를 타고 내려 환승해야 한다. 여기저기 한참을 헤맸다. 짧은 영어로 안내원에게 물어 환승 게이트 앞에 앉았다. 서로가 대견해 파이팅을 했다. 전우애를 느끼는 순간이다. 환승하는 공항에 뉴욕 가는 비행기에 짐을 부쳐야 하는데 그걸 몰라 다시 검색대를 통과하고 환승 비행기 안까지 끌고 갔다. 입국심사는 자존심 상하게 까다로웠다. 복대에 찬 현금 주머니까지 풀어 확인시켜야 했다. 양손가락 열 개 모두 지문을 찍고 눈까지 사진을 찍고 서투른 영어로 물

음에 답해야 했다. 다른 데서 뺨 맞고 우리한테 화풀이하는 느낌이다.

공항에 여행사 가이드가 나왔다. 부부 한 팀과 약간은 야무져 보이지 않는 20대 아들을 데리고 온 가족, 처음 만나 한 팀이 된 우리 이렇게 세 팀이 모였다. 서로 대충 인사를 했다. 다들 지쳐 있으니, 호텔에 빨리 가고 싶은 마음이다. 오래된 호텔은 깨끗했지만, 아침 식단은 너무 간소하다. 빵과 우유, 계란찜이다. 룸메이트가 가지고 온 마늘 고추장을 빵에 발라 먹으니 개운하다.

한국과 11시간의 시차다. 일어날 때 자고 잘 때 일어나는 시간이다. 누워 잘만 하면 한국에서 전화가 오고 문자가 온다. 그들은 낮이지만 나는 자야 할 시간이다.

♠ 미국의 초석을 다진 멋진 대통령들

가이드는 균형 잡히지 않은 얼굴이다. 생김새와는 달리 어찌나 수다스럽고 익살스러운 말을 잘하는지 심심하지 않다. 의정부에 살다가 온 이민 25년째란다.

자연사박물관은 흔히 보는 것들을 진열해 놓았다. 일명 스미소니언박물관이라고도 한다. 영국의 과학자인 스미손은 인류가 지식을 넓히기 위한 시설을 워싱턴에 세우고 싶어 기부하였고 기부자의 이름을 따서 박물관 이름이 되었다. 그는 미국에 와보지도 않고 90년 전에 그런 유언을 남겼다니 선견지명이 있는 사람이다. 박물관에서 가장 눈길을 끄는 건 호프 다이아몬드다. 일명 저주의 블루다이아몬드라는 별명이 붙었다. 이

다이아몬드를 욕심내 소장한 귀부인들이 모두 불행하게 되어서다. 알이 45.5 캐럿이라니 푸른색의 희귀한 다이아몬드를 귀부인들이나 돈 많은 왕족 부호가 욕심내는 건 당연했을 것이다. 문제는 이 다이아몬드를 소유한 사람들은 모두 저주받아 비참하게 되었다고 한다. 300년 동안의 저주가 끝난 건 1953년 해리 웨스턴이라는 사람이 스미소니언박물관에 기증하면서다. 아마 그 다이아몬드는 개인이 소장하기에는 너무 과분하고 집 안에 머물기에는 자기의 역량이 너무 넘쳤는지도 모른다. 찬란한 아름다움을 많은 사람한테 자랑하고 싶었지 않았을까?

　미국의 3대 대통령인 토머스 제퍼슨 동상은 민주 평화를 파괴하는 자를 똑바로 지켜보겠다는 듯이 백악관을 향해 있다. 미국 역대 대통

령 중 가장 훌륭한 사람으로 뽑힌다. 제퍼슨은 행운의 돈이라는 미국 화폐 2달러에 있는 초상의 주인공이다. 그는 정치가 이전에 여러 방면에서 박식했다. 글씨를 예술적으로 잘 써 미국 독립선언서를 썼다. 원예가, 고고학자, 작가, 피뢰침을 만든 과학자, 농장주이며 음악가이기도 하다. 버지니아 대학을 설립한 사람이다. 미국이 가장 짧은 역사에 최고의 국가가 된 것은 그만한 인재들이 있어서일 게다.

링컨 대통령은 근엄하게 국회의사당을 향해 있다. 법을 어기는 자를 지켜보겠다는 듯이. 우리나라 국회의원 중 링컨 대통령의 날카로운 눈을 제대로 바라볼 수 있는 의원이 몇 명이나 있을까?

　워싱턴은 1달러에 나오는 초상의 주인공이다. 워싱턴시는 초대 대통령의 이름을 붙여 부르는 도시다. 워싱턴 대통령은 독립전쟁에 큰 공로를 세웠음에도 전쟁이 끝나고 고향 집에 내려갔다. 삼고초려로 올라와 대통령으로 뽑혔다. 국회의사당은 남북전쟁을 치르면서도 70여 년 동안 공사해 지었다. 국민의 입법기관은 중단 없이 진행해야 한다며 공사를 했다. 남북전쟁이 끝나는 해에 완공되었다고 하니 우리 정서와는 너무 다르다. 국회의사당 앞에도 자유의 여신상 모형이 있다. 이것은 개인의 자유를 의미한다고 한다. 미국 화폐나 우리나라 화폐에는 초상화나 상징물이 들어 있다. 싼 화폐일수록 훌륭한 사람의 초상이 들어 있는데 많은 사람이 유통하기 때문이다. 워싱턴은 3선 대통령으로 추대되었지만 민주주의의 전통을 세워야 한다며 사양하고 물러났다. 그러기에 미국 대통령은 2선이면 끝이다. 대공황과 전쟁 중에 대통령이 되어 4선을 한 루스벨트 대통령은 예외다.

♠ 은혜는 잊지 말아야 한다.

1달러에 쓰인 글은 〈하늘에 계신 그분은 우리가 한 일을 좋아하셨다〉라는 내용이라고 한다. 과연 좋아하셨을까? 인디언들에게 무지막지하게 한 모든 것도? 역사는 승자의 것이라고 하지만 곳곳에 비참하게 사는 토박이인 인디언을 볼 때면 가슴이 아리다. 미국은 무조건 남의 집에 침입해 사람을 죽이고 주인 노릇을 하는 꼴이다. 자기의 치부를 드러내지 않으려고 가장 착하고 의리 있는 척하는 것을 보는 것 같다.

인디언들은 우리와 조상이 같을 수도 있다는 학계 보고가 있다. 생김새도 몽골인과 비슷하다. 우리와 전통 언어가 15%가 같다고 한다. 우리 무당들의 접신 행위와 인디언들의 접신 행위가 세계에서 유일하게 같다고 한다. 콜럼버스가 미국 땅에 도착했을 때 그곳의 땅이 인도인 줄 알고 주민들을 인디언이라고 부른 게 지금까지 그렇게 부른다. 인디언들은 본토 아메리카인이라고 부르기를 원한다. 당연히 그렇게 불러 주어야 하지 않을까? 그러나 미국인들은 그게 껄끄러운 모양이다.

링컨기념관은 13층에 56개의 계단 위에 있다. 독립할 때 13주를 의미한다. 또한 56세에 사망한 것을 기리기 위함이다. 높은 단상에 앉아 국회의사당을 바라보는 눈매가 살아 있는 듯하다. 뒤에는 그의 유명한 연설문이 쓰여 있다. 〈국민의, 국민에 의한, 국민을 위한 정부〉. 링컨기념관 앞에 한국 참전용사 기념비가 있다.

유엔이 생긴 이후 처음으로 다국적 군인이 전쟁에 개입한 것이 한국전쟁이다. 생각하면 우리나라가 운이 좋았다고 할까? 지금도 유엔기구는

있지만 그때처럼 일치하지는 않는 것 같다. 세계 도처에 불행한 전쟁이 있어도 일치된 목소리를 내지 못하고 있다. 그때는 처음이라서 모두 일치하여 16개국에서 군대를 보내 와 싸웠으니 감사할 일이다.

기념 공원에서 복받치는 울음을 삼켰다. 바닥에 쓰여 있는 글씨의 뜻은 '자유는 공짜가 아니다'라는 내용이다. 벽면의 검정 대리석에는 참전해 실종됐거나 사망한 군인의 모습이 새겨 있다. 사진을 찍으면 살아 있는 듯이 보인다. 바닥에 유엔군 사망자와 실종자, 미군의 사망자와 실종자의 숫자가 새겨져 있다. 우리나라를 위해 이름도 성도 모르는 타국의 젊은이들이 이처럼 많은 목숨을 내놓았다니 눈물이 났다. 19명의 군인 모형 조각상은 미국답게 다양한 인종의 얼굴이다. 모두 우비를 입고 총과 무거운 배낭과 전투복 차림이다. 이들은 장마라는 걸 모르기에 장마

철 전투에 고생이 많았다고 한다. 보기에도 지쳐 보인다.

전사자는 미군이 54,246명, 유엔군은 628,833명. 실종자는 미군이 8,177명, 유엔군이 470,267명. 포로는 미군 7,140명, 유엔군 92,790명. 우리는 참전한 국가에 갚아야 할 빚이 많다. 그들의 영혼 안식을 위해 묵념하고 기도했다. 목이 메어 숨이 고르지 않다. 이 기념비도 참전했던 용사

들이 모금하여 만든 것이다. 총공사비 1,800만 달러 중에 현지 한국 대기업들이 500만 달러를 지원해서 조성한 것이다. 1995년 김영삼 대통령의 방미에 맞추어 제막되었다. 사망자나 실종자들을 위해 그 유족들을 위해 한국 정부에서 진즉 해야 할 일이었다. 공원에는 8각형으로 되어 있는 한국형 건물에 한국 전쟁에 대한 자료가 준비되어 있다. 한국 여행객들이 많이 찾고 한국 위상이 높아졌다는 반영이기도 하다.

은혜는 갚지는 못할지언정 잊어서는 안 되는 것이다.

♠ 대학은 건물이 아니라 인재다

백악관 주변은 모두 잔디밭이다. 멀리서 사진만 찍었다. 시청역 근처 호텔은 전두환, 김영삼 전 대통령도 묵은 곳이다. 지대가 높은 곳에 있는 호텔이다. 주변 호숫가는 일본인들이 기념식수로 벚나무를 심었다. 봄이면 벚꽃이 장관이다. 왕벚나무의 원산지는 제주도라는 게 학설이다. 벚의 학명을 '제페니'라고 해 서재필 박사가 7년 동안을 싸워 학명을 '아시아'로 바꾸었다. 기왕이면 코리아라고 했으면 더 좋았을 걸 하는 아쉬움이 들었다. 그나마 그 당시에 세가 약한 우리로서는 대단한 성과다.

델라웨어주를 지난다. 이곳은 화학과 종묘상으로 유명한 곳이다. 우리도 아는 듀퐁사의 큰 기업이 있어 유일하게 부가세를 내지 않은 주라고 한다. 고엽제를 만든 회사다. 주변 환경에 공해를 끼치는 기업체다. 그러다 보니 주민들에게 보상 차원에서 부가세를 부담하는 게 아닐까? 우리 기업체도 공해 문제로 사회적인 물의를 많이 일으키는데 좀 배웠으면 좋겠다. 이곳 양계장에는 한국 감별사들이 많이 있다. 한국인의 손 감각은 세계 어느 나라 사람보다 탁월하다.

미국은 우리의 독립 의지를 키워준 나라이기도 하다. 서재필 박사는 워싱턴에서 의사였다. 독립운동을 많이 도와주었다. 이승만 박사는 그분의 제자다. 미국 첫 유학생은 유길준 선생이다. 갓 쓰고 도포를 입고 단체로 미국을 방문한 민영기 팀에 같이 와 귀국하지 않고 유일하게 남은 유학생이다.

하버드대학은 우리나라 대학처럼 건물이 웅장하거나 큰 게 아니다. 온 도시가 대학인 셈이다. 낮은 건물은 필요할 때마다 하나씩 지은 것이다. 학과

를 해마다 개설한다. 그때마다 형편에 맞는 교실이 지어지는 셈이다. 대학의 권위는 건물이 아니라 대학에서 배출한 인물이다. 하버드대학은 1636년에 목사들의 문맹률을 낮추기 위해 시작한 교육 장소다. 세계에서 두 번째로 큰 도서관을 가지고 있다. 설립자 하버드 목사가 기증한 책들이 화재로 모두 소실되었다고 한다. 학생들에겐 책을 빌려주지 않는다는 규칙을 어기고 한 학생이 몰래 도서관 책을 훔쳐 갔다. 유일하게 그 책만 남았다고 한다. 그 학생은 규칙을 어겼다고 퇴학당했다. 건물 중에 사이언스 센터는 이상하게 생긴 건물이다. 즉석 사진기를 발명한 폴라로이드 회사에서 지어 기증한 건물이다. 사각 진 폴라로이드 사진기와 비슷하게 생겼다. 교회같이 생긴 건물은 식당이다. 독립전쟁 때 죽은 동문을 기리기 위해 교회 모형으로 지었다.

하버드 대학이 유명한 것은 잘나가는 동문이 모교에 기부를 팍팍 해서 엄청난 돈을 가지고 있어서다. 그 돈을 학문에 쓴다는 것이다. 그들의 정직한 이념이 부럽다.

와이드너 도서관은 이 학교를 졸업한 와이드너가 가족과 함께 타이

타넉호를 탔다가 아버지와 함께 목숨을 잃었다. 겨우 살아난 어머니가 전 재산을 하버드에 기증하여 지어진 도서관이다. 기증의 조건은, 첫째 누구나 아이스크림을 먹게 하고, 둘째 단 한 장의 벽돌도 더 올려놓지 말 것, 셋째 하버드를 졸업하려면 수영을 할 줄 알아야 한다는 것이다. 당시에

는 아이스크림이 귀해 돈을 기부한 자녀들만 먹게 했다고 한다. 아들이 수영을 못해 죽었다고 생각한 어머니는 모든 학생이 수영할 줄 알아 물에서 참변을 당하지 않게 하고 싶었을 것이다.

♠ 대학 안에서 보는 거북선 - 대한민국 파이팅!

하버드 옆 5분 거리에 천재들만 모여 있다는 MIT 공대가 있다. 그곳의 고액 기부자 명단에 박병준 부부 사진이 벽에 붙어 있다. 부부는 기업인이고 카이스트 특훈 교수다. 자녀가 없어 학교에 많은 기부를 했다. 자

랑스럽다. 학교 안 진열 장소에는 각국 선박 모형들이 진열되어 있다. 세계 최초로 철갑선으로 만들어진 거북선도 이곳에 진열되었다. 우리나라에서 보는 느낌과는 다르다. 자랑스럽고 대단해 보인다.

교실 안에서는 학생들이 수업하고 있다. 우리의 수업 태도와는 달리 놀고 있는 것 같다. 너무 자유분방해서 공부는 무슨? 책상에 앉아 있어야만 공부인 줄 아는 우리의 고정관념이다. 대학생들은 그런 자유로움에서 창의력을 키우고 기발한 아이디어를 낸다. 경찰이 대학생을 붙잡아 억울하게 대했던 것에 대한 보복으로 학생들이 밤새 돔으로 되어있는 높은 지붕 위에다 경찰차를 올려

놓았다. 계속 사이렌을 울리게 해 큰 소동이 일었다고 한다. 경찰에서 장비로 끌어내려야 했다. 공대생들이 밤에 조립해 그곳에 올려놨다는 것이다. 천재는 섣불리 건드리면 안 되는 일이다.

뉴욕은 모든 문화예술의 집합도시다. 그만치 세계 모든 것들이 여기서 흥망성쇠를 이룬다. 세계 금융을 좌지우지하는 월스트리트. 세계 연합체 유엔본부에 우리의 자랑스러운 반기문 사무총장이 있었다는 게 어깨가 으쓱해진다.

유엔본부는 맨해튼 안에 있지만 미국 땅이 아니다. 록펠러 아들이 8,500만 달러를 주고 미국 정부에서 매입해 유엔에 기증했다. 참 멋진 재벌이

다. 그 안은 유엔과 총회장, 도서관 등 4개의 건물로 이루어져 있다. 32번가에 한인 타운도 있다. 한국말로 쓰인 간판이 반갑다. 중국 차이나타운은 여기서도 기세가 당당하다. 더욱이나 중국의 막강한 힘의 작용으로 그들의 위세가 너무 세진다고 한다. 예술의 거리 소호는 우리의 홍대거리와 비슷하다. 가난한 예술인들이 비싼 임대료에 서서히 쫓겨나고 전문 패션 매장들이 들어서는 곳이다. 록펠러센터는 명성답게 화려하다. 빌딩 숲을 이룬다. 석유 제왕 록펠러한테 뉴욕시가 돈을 빌렸는데 갚을 상황

이 못 되었다. 시가 많은 돈을 갚을 수 없다고 넘어지자, 록펠러가 제안
했다. 그럼, 돈을 안 받겠으니, 뉴욕에 사는 모든 시민한테 수도 요금을
받지 말라는 것이다. 그래서 뉴욕 시민들은 수도료를 안 낸다니 우리도
그런 멋진 기업인이 나오기를 기대해 본다.

유명한 타임스퀘어 광장은 젊은이들, 관광객들로 만원이다. 빌딩과 건
물에 거리의 전광판에 전자 광고로 가득한 거리다. 그 속에 삼성 핸드폰
광고와 현대 차 광고가 스크린에 나온다. 가슴이 벅차오른다. 세계에서
가장 비싸다는 곳에 우리나라 기업광고를 보는 느낌은 감동 그 자체다.

♠ 축복의 땅 부럽고 부러운 나라

맨해튼은 작은 돌섬이다. 넓이 21km에 길이 4km다. 맨해튼은 인디언

의 섬이라는 이름이다. 인디언들이 보기에는 농사를 지을 수 없는 땅이라 생각해 24불 가치로 팔아 버렸다. 팔고 보니 그 위에 집을 짓기에 다시 빼앗으려 했으나 미국인들이 돌려줄 리 만무했다. 그게 지금의 월가다. 브로드웨이는 인디언들이 다니던 길이라는 뜻이다. 바둑판 모양이다. 돌이라 지하를 팔 수 없어 주차장이 없다. 그러니 시내에 차를 가지고 들어올 수도 없다. 1시간의 주차료가 120불이라니 통 큰 사람 아니면 감히 엄두가 나질 않을 것이다.

노랑 택시들이 엄청 많다. 택시가 우리 돈 11억 원이라니 어지간한 준재벌이다. 부자들은 자가용을 사지 않고 주로 택시를 자가용처럼 이용한다. 기사는 팁만으로도 어지간한 사장보다 수입이 좋다고 한다. 택시 번호판에는 A. B. C. D. E 급이 표시되어 있다. 기사의 운전 등급표다. D. E 이하는 사고를 많이 낸 불량 기사다. 또한 택시는 강도를 외부에 알릴 수 있는 장치가 되어 있다. 우리보다 택시 강도가 많은 모양이다.

모든 문화와 경제가 이곳에 모여 있다. 지구가 생긴 이래 제일 부자

라는 록펠러가 이곳의 빌딩을 열아홉 채 소유하고 있다. 고개를 젖혀 보기 힘들 정도의 높은 빌딩들이다. 록펠러 빌딩은 나란히 깃발이 꽂혀 있다. 그래도 그들이 존경받는 이유는 많은 돈을 가치 있게 쓰고 자선을 베풀어서다. 감옥에 가는 기업인의 모습만 보아온 우리로서는 부럽고 부럽다.

파리하면 에펠탑을 연상하듯 미국 하면 엠파이어스테이트 빌딩을 생각하게 한다. 지금은 그보다 더 높은 빌딩도 있지만, 이 빌딩은 1931년도에 지어졌다. 그 당시 우리나라에 제일 높은 빌딩이 4층 건물이었다. 1929년에 미국에 대공황이 왔다. 공장이 문 닫고 실업자가 길거리에 나와 오갈 데가 없을 때다. 루스벨트 대통령이 실업자 구제를 위해 짓기

시작한 건축물이다. 기계나 장비를 쓰지 않고 순전히 사람의 노동력으로 24시간을 온전히 가동했다. 1년 45일 만에 완성했다. 기계를 사용하지 않은 것은 실업자에게 일자리를 주어야 해서다. 빌딩은 100년이 넘은 지금도 사용하는데 아무런 불편이 없게 지어졌다는 게 믿

기지 않을 정도다. 처음에는 부실 공사가 아닌가 하고 기업체들이 입주하지 않았다고 한다. 그럴 만도 하다. 사람의 노동력만으로 102층이나 되는 공사를 단기간에 했다는 데 누구나 의심하지 않겠는가? 102층으로 지은 건 최초의 이민자 102명을 기억하기 위함이다. 비행기가 사고로 102층 빌딩에 부딪혀 45명이 사망하고 비행기는 박살이 났는데도 빌딩은 멀쩡했다. 이것을 보고 그제야 입주자들이 들어 왔다고 한다. 65대의 엘리베이터가 있다. 86층과 102층에 전망대가 있는데 관광객은 86층만 사용할 수 있다. 전망대에서 내려다보는 시내 풍경은 별천지다. 지금 새로 짓는 건물에 비해도 흠잡을 것이 없다. 감탄스럽다. 세계 최고의 나라를 이룬 미국의 저력을 본다. 위대한 지도자의 역량을 본다. 우리 건물들은 100년 후에도 잘 버티고 있을까?

♠ 정식 건물이 없는 유명한 연예인 대학

120년 된 세계에서 가장 큰 백화점 건물은 길옆으로 늘어서 있다. 어디가 시작이고 끝인지 모를 정도다. 그냥 한 마을이다. 특이한 것은 길가에 세워진 굴뚝에서 이따금 수증기를 뽑아내는 것이다. 오래전에 지은 건물은 난방시설이 안 되어 있어 난방 시스템을 가동하는 것이다.

한적한 마을에 해밀턴 공원이 있다. 초대 재무 장관이던 해밀턴이 친구와 오해가 있어 결투를 신청했다. 당시는 광장에서 둘이 총을 들고 뒤돌아 먼저 쏘아 상대를 죽이는 사람이 이기는 게 신사들의 멋진 결투라고 생각했던 시절이다. 이 격투에서 해밀턴이 죽었다. 해밀턴은 자기 총에 총알을 넣지 않았다고 한다. 결투는 신청했지만, 친구를 죽일 의향은 없었다고 한다. 그러나 자기 말에는 책임을 져야 했다. 말은 언제나 신중해야 한다.

NYU 대학은 연예인을 양성하는 학교다. 우리의 학원 같은 곳이다. 유명 배우들이 많이 나와 이름이 알려졌다. 인기배우 이서진 씨도 이곳 출신이다. 그런데 정식 학교 건물이 없다. 주변의 건물을 여기저기 임대해서 교실로 쓰고 있다. 강의실 건물은 학교 깃발이 걸려 있어 학생들이 찾아다녀야 한다. 그래도 세계의 연예인 지망생들이 가고 싶어 하는 학교다.

♠ 독립 100주년에 프랑스의 선물 – 자유의 여신상

유람선을 타고 맨해튼 주변을 돌며 자유 여신상을 바라보는 관광코스에는 중국 사람과 한국 사람들뿐이다. 배는 중국인의 소유다. 돈 많은 중국인이 유람선 3척 모두를 사버렸다. 안내 방송도 중국말이다. 90년도에 미국의 큰 건물은 일본에서 다 사 갔다고 했다. 지금은 중국이다. 한국 사람도 많이 탔으니 한국말 안내도 해주면 좋으련만 서러움이 울컥한다.

자유의 여신상은 미국 독립 100주년을 기념하여 프랑스가 선물한 조각품이다. 264개의 조립품을 가지고 와 미국과 합작으로 만들었다. 프랑스는 역시 예술의 나라다. 여신상은 횃불을 든 우아한 여인상이지만 조각 안 내부에는 계단과 엘리베이터가 설치되어 있다. 여신상의 왕관 부분에는 뉴욕을 내려다보는 전망대가 있고 박물관과 선물 가게도 있다.

미국에 먼저 들어온 사람들은 영국 사람들이었다. 프랑스인들은 캐나다 쪽으로 많이 들어왔다. 서로 패권을 다투던 두 나라는 자기들의 잇속으로 미국 땅을 넘보고 있었다. 영국은 자기 국민한테 세금을 많이 걷으려 했다. 그러잖아도 본국에서 살기 어려워 마음 놓고 살 수 있는 신천지를 찾아 고생하며 왔다. 그런데 이곳에까지 세금을 착취해 가니 본국에 대한 불만이 많았다. 이런 틈을 이용하여 프랑스가 자기들의 세력을 확장하려 했다. 영국과 미국이 싸움할 때 프랑스는 미국 편을 들어 무기를 대주었다. 간접적으로 대리전을 치른 것이다. 미국은 프랑스의 도움으로 본토인 영국과 싸워 독립하게 된다. 영국과 프랑스는 지금도 우리와 일본처럼 이런저런 일로 감정이 좋지 않다. 이런 끈끈한 인연으로 프랑스는 미국 독립 100주년에 자유 여신상을 선물한다. 은혜를 잊지 말라는 프랑스에서 보낸 무언의 메시지다. 세계 각국에 프랑스가 100주년 기념으로 선물한 조각품을 많이 본다. 대부분은 프랑스가 지배하지 못했던 나라들이다.

유람선을 타고 주변을 돌아보는 중에 유독 세련되고 멋스럽게 보이는 건물이 있다. 9.11테러에 무너진 쌍둥이 빌딩 옆에 새로 세워진 빌딩이다. 2,875명 사망자와 실종자를 합해 4천여 명이 희생되었다. 그중에 한국 사람도 21명이나 있다. 남편을 만나러 온 임신부도 있다. 운 좋은 한국인 어느 공직자는 항상 출근 시간 전에 회사에 도착하는 습관이 있는데 그날은 갑자기 설사가 났다. 되돌아가 화장실을 다녀오다 출근이 늦어 화를 면했다고 한다. 죽고 사는 것은 하늘의 몫인 것 같다. 아직도 시신을 다 찾지 못해 그 자리는 건물을 짓지 않고 공원으로 만들었다. 이런 불행한 테러들이 지금도 세계 곳곳에 자행되고 있으니 안타깝다. 원한의 원인을 제공한 측도 책임을 면하기는 어렵겠지만 이 악순환을 어떻게 평화적으로 풀어야 할지가 인류의 숙제다.

♠ 존경받는 재벌 록펠러

뉴욕 한가운데 어마어마한 땅값을 깔고 앉은 공원이 센트럴파크다. 길이가 무려 4km에 폭이 800m. 록펠러가 땅을 사서 공원용지로 기증했다. 역시 그는 존경받을 자격이 있다. 공원은 인공적으로 10년 동안 만들었다. 그러나 인위적인 조형물이 없다. 너무 다듬지 않아 자연 그대로다. 그게 더 정감이 간다. 주변에는 우리 보기에는 낯선 풍경인 남자와

남자의 결혼식이 흔하다. 동성애자가 정장하고 가슴에 장미꽃을 달고 웨딩 촬영한다. 주변 사람들은 별 시선을 주지 않는데 나는 자꾸만 시선이 간다. 느낌이 생소해서다. 이상하게 백인들의 커플이 많다. 여자보다는 남자 커플이 많다. 공원 주변에는 어디서나 그렇듯 포장마차 먹거리가 많다. 모두 허가받고 하는 사업이다. 사람이 모이는 곳에는 젊은이들의 힙합 춤꾼이 있고 노래꾼도 있다. 말과 꽃마차를 예쁘게 치장하여 손님을 태우고 공원 주변을 돌아오는 마차부대도 있다. 많이 본 듯한 풍경이라 정겹다.

어디나 공기 맑고 풍경 좋은 곳은 집값이 비싸다. 공원 주변 아파트는 돈 많은 귀족들만 사는데 돈만 많다고 살 수 있는 곳은 아니란다. 클린턴 전 대통령이나 마돈나도 이곳에 입주하고 싶어 했지만, 하지 못했다고 한다. 사생활이 좋지 않아서란다. 아파트가 1,800억 원이나 한다. 이곳 호텔에서 하룻밤 자는 데 3천만 원 한다니 우리 같은 서민은 멀리서 바라만 보는 것으로 만족해야 한다. 상류층은 우리가 생각하는 것처럼 돈이 많아서 대접받는 게 아니다. 그만한 인품과 재력과 사회적인 인정을 받아야 한다. 우리가 재벌을 은근히 무시하는 것도, 그들이 존경받을 수 있는 품위를 지키지 못했기 때문일 것이다. 선진국에서 재벌이 존경받는 이유도 깨끗하게 벌어 정당하게 세금을 내고 좋은 일에 기부를 많이 해서다.

♠ 동부에서 서부로 가는 데 6시간

뉴욕에서 로스앤젤레스 가는데 6시간 걸린다. 우리나라는 서울에서 제주도에 가도 한 시간이 안 걸리는데. 나라 안에서 시간차도 3시간 4시간이다. 우리나라가 얼마나 아담한가! 새삼 느낀다. 우리에게 서울에서 부산 거리가 이들에게는 이웃이 그런 거리다.

여행 시작한 지 일주일이 되면서 룸메이트는 몸이 아팠다. 처음에는 자기가 나이 많은 나를 건사해야 하는 게 아닌가 싶어 은근히 부담스러웠다고 한다. 오히려 그녀가 아파서 내가 신경을 써야 했다. 그녀는 모든 일정을 취소하고 집에 돌아가고 싶다고 가이드한테 사정했다. 그러나 그게 쉬운 문제가 아니다. 포기각서도 써야 하고 비행기 일정도 어렵고 여러 가지가 복잡하다. 한인 타운에서 지내겠다고 하는데 모든 비용이 본인 부담이라 그것도 만만치 않다. 그녀는 계속 앓으며 다녔다. 하루는 아예 여행 일정을 빼고 호텔에서 쉬겠다고 했다. 다행히 한인 호텔에서 2박을 하기에 가능했다. 한인촌에 가서 칼국수도 먹고, 사우나도 하면서 호텔에 남아 있었다. 택시를 불러 한인촌에 가는데 바가지를 씌워 올 때는 한인 택시를 탔다고 한다. 우리나라도 관광객에게 바가지 씌우는 택시 기사가 있듯이 이곳도 그런 모양이다. 그녀는 남은 여행 일정 내내 앓는 소리를 노래하듯 하면서 끌려다녔다. 내가 가지고 간 상비약을 먹이고 비상식량 누룽지를 포트에다 끓여 먹게 했다. 차만 탈 수 있으면 차에 몸을 싣고 다니는 게 지금으로서는 최선의 선택이다. 그녀는 강남에서 미용실을 한다는데 남편한테 말도 안 하고 20일이 넘는 여행을 온 것이

다. 용감하다. 각자의 사정이야 있겠지만 그녀를 설득해 남편과 통화하게 했다. 지금은 보호해 줄 가정이 그립다고 집으로 가고 싶단다. 그녀는 고맙다는 표현으로 내게 지압과 마사지를 해주곤 했다. 그녀가 동부보다 강행군인 서부여행을 잘 견디어 주기를 바랄 뿐이다.

서부는 동부와는 너무 다른 풍경이다. 동부는 문화적인 도시라면 서부는 자연적인 곳이다. 한인들이 제일 많이 산다는 L.A는 건물들

이 시골 풍경처럼 나지막하다. 지진 때문에 높은 건물을 지을 수 없다. 거의가 연립이나 다세대 주택처럼 2~3층이다. 이곳에도 이상기후로 가뭄이 심해 강이 말라가고 물이 없어 놀리는 땅이 많다. 세계가 모두 비상 상태다. 사람들이 편하게만 살려다 보니 이제는 그 대가를 치러야 하는 인과응보의 시간이 된 듯하다.

♠ 실망한 할리우드 거리

서부에서 가장 유명하다는 인앤아웃 버거에서 가이드가 햄버거를 사 주었다. 점심이다. 그러나 새벽부터 서둘러 비행기를 타고 오느라 기진맥진해 맛있는지 모르겠다. 햄버거 가게는 줄을 서 30분을 기다린다. 이 햄버거가 유명한 것은 저렴한 가격에 생고기를 쓰고 야채는 직접 농사지은 유기농을 쓰는 데다 즉석에서 주문받아 만들어 주기 때문이다. 처음엔 노점에서 시작하다가 인기가 있자 가게로 들어왔다. 어디를 가나 인앤아웃 버거 가게는 만원이다. 세계적인 체인을 가지고 있는 맥도날드와 다른 기업 이미지다.

주변에는 노숙자인 젊은이들이 희한한 모습으로 나무 그늘에 누워 있다. 햄버거 가게 화장실을 사용한다. 세수도 화장실에서 한다. 사진을 찍지 말라고 소리친다. 머리모양이 예술적이다. 노숙자보다 아티스트라고 불러주고 싶다.

할리우드 거리는 나를 완전히 실망시켰다. 아카데미 시상식 장소는 이름에 걸맞지 않게 너무 허름하다. 돌비극장은 화면에서 보는 것처럼 웅장하거나 화려하지 않다. 우리의 옛 영화관과 비슷하다. 너무 호화로운 상상을 가불했나 보다. 역사와 전통이 중요하긴 하지만 기대와 너무 차이가 나 완전히 배신당한 느낌이다. 동부의 화려한 건물을 먼저 보고 와서 비교되어서일까? 그래도 좀 그렇다.

할리우드 거리에는 사람이 다니는 길에 별 모양이 박혀 있다. 이름을 날리던 배우나 예술인들의 이름을 새겨 넣었다. 그중에 동양인으로는 중국 배우 '부르스 리'라 부르는 이소룡과, 한국인으로는 '필립 안'이라 부르는 안창호 선생의 맏아들이 유일하게 기록되어 있다. 배우들의 손발 도

장을 남긴 곳에는 이병헌 씨와 안성기 씨의 것도 있다.

다행히 한국인이 운영하는 호텔에서 묵게 되어 오랜만에 한식다운 한식으로 저녁을 먹었다. 한인 타운 인근이라 한국보다 더 한국 같다. 간판도 그렇다. 음식점, 미장원, 한의원, 다양하다. 인근 대형마트에 갔다. 먹는 식재료가 엄청나게 싸다. 고기가 너무 싸 불판에 구워 먹고 싶다. 그렇게 하지 않으면 손해 볼 것 같은 느낌이다.

안정된 국가일수록 사는 데 지장 없는 사치품이나 물건들은 비싸게 판다. 대신 식료품은 싸게 공급해 준다. 우리 정책은 어떤가? 미국도 사람 사는 곳이라는 걸 확인한 건 쓰레기통을 뒤지는 박스 할머니 모습을 보고서다.

여행은 추억이 남는 여행과 기억이 남는 여행이 있다고 한다. 감정이 살아 있을 때는 추억이 남는 여행이지만 감정이 사라지면 기억이 남는 여행일 뿐이다.

♠ 돈 버는 사람 눈에는 돈이 보인다

　다행히 룸메이트는 견딜 만하다며 차를 타기로 했다. 제일 앞자리를 차지했다. 몇 시간을 달려도 사막은 같은 모습이다. 가는 중간에 폐광촌이었다가 리모델링하여 관광지로 된 은광촌에 들렀다. 한때 은을 캐기 위해 몰려오는 사람으로 붐비던 곳이다. 초창기에는 중국 사람들이 일하러 많이 왔다. 우리 선조들이 하와이 사탕수수밭에서 일했던 것처럼 중

국인이 광산에 광부로 와 일
한 곳이다. 은값이 폭락하자
사람들이 떠나고 폐허가 되
었다. 오랫동안 흉물스럽게
방치되어 있던 곳이다. 폐허
가 된 이곳을 디즈니랜드를
설립했던 월트 디즈니가 이
곳을 지나다가 새로운 아이
디어로 폐광을 거듭나는 관
광지로 개발했다. 역시 사업
가의 눈에는 돈이 보이나 보

다. 옛날에 쓰던 폐광 모습을 있는 그대로 재현했다. 지루하지 않게 꾸며 놓았다. 으스스하게 느끼게끔 해골 모형도 만들어 놨다. 차도 팔고 기념품도 판다. 80살이 넘은 뚱보 할머니가 직접 재봉틀을 돌리며 주문 제작도 한다. 손으로 만든 수제품 인형도 있다. 우리도 폐광이 된 지역을 살린다며 정선에 카지노를 만들었다. 그러나 지금 지역 주민한테 도움이 되는지 피해가 되는지 궁금하다.

사막을 가다 보면 멀리에 호수처럼 물이 출렁인다. 오아시스인가 하고 탄성을 질렀지만 신기루이다. 사막에서 길을 잃고 헤매는 사람이면 깜빡 속을 만하다. 내 삶에도 이렇게 속았던 일이 몇 번인가 있었다. 모하비사막은 비행기의 무덤이다. 그럴 만하다. 비가 1년에 100mm 정도밖에 오지 않으니 비행기가 녹슬 일이 없다. 전쟁에 쓰고 남은 고물이나 운행을 위한 비행기를 이곳 사막에 가득 모아 놓다 보니 쌓여 있는 비행기를 끝없이 보게 된다. 드넓은 사막에 종류별로 놓여 있는 비행기, 전쟁을 수행했던 비행기, 고물이 되어가는 비행기. 좀 으스스하다. 허허로운 사막 한가운데라서 흉흉한 소문도 많다.

긴 사막에도 도로 옆에는 철조망이 쳐져 있다. 동물들이 자동차에 치여 죽는 일을 막기 위해서다. 선진국은 다르다고 생각했다. 자연을 최대한 훼손하지 않으면서 길을 내느라 꼬불꼬불한 길을 만들기도 했다. 이 사막도 수천 년 전에는 바다였다. 지금도 바다 해초들이 변형되어 자라고 있다. 비가 오면 땅에서 소금기가 나온다. 앞으로 수천 년 후에는 내가 사는 곳이 바다가 될지도 모르겠다. 기차가 컨테이너 220개를 끌고 가는 게 장관이다. 1.6km의 길이는 보통이라고 하니 역시 큰 나라다. 택

배를 보내면 당일, 아니면 다음 날에 도착한다는 것은 미국에서는 있을 수 없는 일이다. 언젠가는 오겠지, 해야 한다. 우리처럼 빨리빨리는 그들에겐 이해가 가지 않을 일이다.

♠ 전쟁으로 성장한 미국

하늘과 땅만 알고 그야말로 자연과 더불어 착하게만 살아왔던 인디언들의 초라한 소멸은 마음을 아프게 한다. 이런 종족을 너무 무자비하게 학살하고 이용하고 살생한 것에 대하여 미국인들은 벌을 받아야 할 것이다. 원주민들이 멸망하게 된 원인 중에는 서로 소통할 수 있는 글이 없었던 이유도 있다. 부족마다 언어가 달라 다른 부족에게 도움을 청할 수 없었고 동맹을 맺어 같이 대항할 수가 없었기 때문이다.

인디오들은 불을 숭배했다. 얼굴 흰 사람이 총에 불을 뿜으니, 백인들을 성자로 착각해서 우대했다고 한다. 인류 역사상 집단학살은 스페인 군대가 인디오들을 학살한 것과 나치의 유대인 학살이다. 독일은 진정으로 사과했지만, 스페인과 미국 백인들은 그들이 학살한 원주민에게 아직도 사과하지 않았다. 그뿐만 아니라 아프리카에서 흑인들을 짐승처럼 끌고 와 노예로 부린 것도 사과하고 보상해야 하는 양심의 심판이 남아 있다. 그들의 영화, 연극, 소설에는 어지러운 이 세계를, 외계인의 침략을 받은 지구를 구하는 사람들이 미국 사람으로 나온다. 이러한 세뇌에 사람들은 미국인이 지구를 구하는 유일한 나라라 착각한다. 지성인이라면 그 속내를 파악하는 냉정함이 필요하지 않을까?

대부분은 나라가 만들어지고 국민이 형성된다. 미국은 국민이 살면서 나라를 만든 경우다. 그러다 보니 집단보다는 개인주의가 우선시되었다. 영국은 귀족들의 횡포를 피하고자 목숨을 걸고 신대륙을 찾은 사람들에게도 세금을 많이 물리게 했다. 불만이 많은 미국 거주 영국인들은 본국과 전쟁을 하게 된다. 프랑스와 영국은 7년간의 전쟁으로 서로가 재정이 거덜 났다. 그 와중에 프랑스의 대혁명이 일어난다. 영국도 더 이상 버틸 상황이 아니었다. 영국은 미국인들의 끈질긴 저항을 이겨낼 수가 없었고 프랑스는 음으로 양으로 미국을 지원한다. 영국은 어쩔 수 없이 미국 독립을 인정할 수밖에 없었다. 영국의 종교 탄압으로 청교도들이 들어온다. 미국의 독립선언문 기초는 청교도의 정신이 많이 반영되었다. 어쩌면 미국의 역사는 전쟁의 역사다. 그래서 그들은 지금도 세계 곳곳에 전쟁을 일으키고 참여하고 주도하는 습관이 있는 듯하다. 독립전쟁에 이겨 나라를 세웠다. 남북전쟁에서 나라를 통일했다. 멕시코와의 전쟁에서 황금과 석유가 나오는 금싸라기 땅 7개 주를 받아냈다. 명목상으로 1,825만 달러를 지급했다고 하나 빼앗은 거나 다름없다. 그 땅은 우리나라 면적의 15배다. 더욱이나 빼앗은 캘리포니아에서 금이 쏟아지고 텍사스에서는 석유가 펑펑 쏟아졌다. 그야말로 전쟁에서의 대박이다. 캘리포니아만 해도 남한의 4.5배 면적에 인구가 3천만이다. 캘리포니아에서 나오는 농산물 대부분이 우리가 수입하는 주요 품목이다. 오렌지, 건포도, 쌀, 와인 등등

♠ 땅속과 땅 위의 탐나는 자원들

그랜드 캐니언에 가기 위해 종일 사막을 달린다. 캐나다 로키산맥에서 흐르는 콜로라도강은 2,333km를 흘러 그랜드 캐니언을 만들었다는 설이 있다. 요즈음의 새로운 학설은 노아의 홍수에서처럼 어느 한순간에 만들어졌다는 창조설도 있다. 화석의 물고기들이 모두 한 방향으로 향해 있다는 게 그 증거란다.

그랜드 캐니언은 영화, 광고, 아이맥스, 영상물에서 자주 접하고 보고 들었다. 역시 대단하다. 눈으로 보기에는 한계가 있다. 면적이 4,926km다. 제주도 면적의 2.7 배다. 협곡은 446km로 세계 제일이

다. 미국의 국립공원이고 애리조나주와 네바다주를 끼고 있는 어마어마한 산맥이다. 주변에는 인디언 구역이 있어 세상과 잘 어울리지 않는 그들은 생활을 근근이 이어가고 있다. 보호구역 안에서 여러 형태의 관광상품을 판다. 웅장한 자연 앞에 서면 사람이 얼마나 왜소하게 느껴지는지 저절로 겸손해진다.

1979년에 유네스코 세계자연유산에 등록되었다. 헬기 투어를 했다. 하늘에서 보는 그랜드 캐니언은 또 다른 모습이다. 첩첩한 계곡을 휘돌아가는 강물과 시작도 끝도 보이지 않는 산맥. 무한한 자연 속에 유한한 인간. 그동안 건방지게 살았던 교만을 내려놓게 한다. 이런 장관을 볼 때마다 하느님께 투덜거린다. 우리나라 작은 땅속에는 아무것도 넣어주지 않았으니 땅 위라도 이런 경치를 주시지. 이건 불공평한 처사라고. 인간이 만든 모든 예술품은 신의 창조물을 모방한 것이라 한다. 인간이 만든 최고의 조각, 그림이 이 형상을 다 표현할 수 있을까? 그냥 고개를 숙인다. 신이여! 당신은 위대합니다.

브라이스 캐니언을 가기 위해 차로 또 한참을 간다. 여기에서 한참이

란 최소한 한나절 이상 보통은 하루다. 유타주에 있는 브라이스 캐니언은 몰몬교인들에 의해 발견되면서 세상에 알려지게 된다. 동부에서 시작한 몰몬교도들이 박해를 피해 유타주까지 3,000km의 힘든 고행을 하다 정착한 곳이다. 그 과정에서 유타주에 있는 브라이스 캐니언과 자이언 캐니언도 발견하게 된다. 그동안에는 이 험준한 산맥을 넘나드는 사람이 없었다고 한다.

우리 주변에 자주 보는 일이다. 말쑥하게 정장한 젊은 백인 남자 둘이 영어를 가르쳐주겠다고 친근하게 말을 걸어온다면 대부분 몰몬교회 선교사다. 한국에서는 예수그리스도 후기성도 교회라는 명칭으로 활동한다. 몰몬교는 또 다른 신흥종교다. 그러나 다른 신흥종교에 비해 건전한 삶을 살아간다. 지금도 교리 문제로 이따금 사회적 물의를 일으키기도 한다. 일부다처제를 고집한다거나, 자기네끼리의 공동체 생활을 한다거나, 월급에서 십일조를 무조건 공제한다든가. 여러 문제로 미연방과 의견충돌을 일으켰다. 일부다처제 문제로 미연방과 충돌하다가 형식적으로는 자체 법을 고쳤다. 그런 후에야 유타주가 미연방에 정식으로 가입했다. 그러나 자기네들끼리는 묵시적으로 일부다처제를 받아들이고 있다. 그들의 주장으로는 남편이 전쟁에 나가 죽은 여자는 생계를 책임져주어야 하기에 능력 있는 남자들이 보호해 주어야 한다는 것이다. 구약 성경에도 나와 있는 생활관습이다.

♠ 신이 만든 작품은 걸작이다

브라이스 캐니언 국립공원은 신이 정교하게 빚은 예술품이다. 오는 과정에 경관도 아름답지만, 사암층으로 이루어져 바람과 비에 씻기면서 조각을 이루는 형상들이 감탄을 자아내게 한다. 그랜드 캐니언이 웅장한 근육질 남성상이라면 브라이스 캐니언은 섬세하고 아기자기한 여성상이다. 곡선미가 균형을 잘 이룬 여체 같다. 산 위에 있는 게 아니라 평지 밑에 있어 위에서 내려

다보아야 한다. 계곡을 이루어 밑에까지 내려갈 수 있는데 올라오기에는 벅차다. 한참을 바라보고 있노라면 그 경관에 도취하여 혼이 빨려드는 느낌이다. 나도 모르게 그 속에 동화되어 정신을 차리지 않으면 뛰어내릴 것 같은 착각에 빠진다. 무아지경! 어떻게 이런 작품이 나올 수가 있을까? 무슨 말로도 표현할 수 없다. 이 자연 앞에 인간이 얼마나 나약한지. 아무것도 아닌 존재가 교만을 떨었던 게 부끄럽다. 내가 저곳 돌 하

나의 역할을 했는지. 그렇게 아름다운 모습으로 보였는지. 나를 뒤돌아 본다. 탑들을 저렇게 아름답게 쌓을 수 있는 자가 누가 있을까? 겸허하게 신의 위대함을 인정한다.

〈하느님의 정원〉이라고 불리는 자이언 캐니언으로 향한다. 석회암으로 구성된 국립공원은 또 다른 느낌이다. 그랜드 캐니언과 브라이스 캐니언의 중간쯤인 장엄한 모습. 공원을 훼손하지 않은 쪽으로 길을 내어 겨우 차가 한 대만 다니게 되어 있다. 아름다운 경관을 차창에서 보아야 한다. 차가 마음대로 정차할 수 없다. 뒤차가 따라오기 때문이다. 자연경관을 최대한 보존하기 위해 다이너마이트를 사용하지 않고 사람의 손으로 필요한 곳에만 돌을 뚫었다. 과연 신의 정원이라 불릴 만하다. 색색의 바위가 웅장하고 섬세하다. 기기묘묘한 바위와 나무들의 개성 있는 형태. 감탄이 절로 나온다. 이번 여행에 3대 협곡을 본 것만으로도 여행비가 아깝지 않다. 시간과 돈이 허락한다면 걸어서 천천히, 하나하나, 음미하며 가슴에 느끼고 담고 싶다.

천국이 이처럼 아름답다면 당장이라도 주저할 게 없을 것 같다.

♠ 사막의 불야성 - 카지노의 도시 라스베이거스

라스베이거스를 향해 사막을 종일 간다. 라스베이거스는 사막 한가운데에 있는 유흥 도시다. 물이 없는 사막에서 거대한 도시를 운영할 수 있는 이유는 주변에 후버댐이 있어서다. 미국 대공황을 극복하기 위해 루스벨트 대통령은 대형 프로젝트 토목공사를 실시한다. 실업자들에게 일자리를 주기 위해서다. 대표적인 예가 엠파이어스테이트빌딩과 금문교 다리 공사와 후버댐이다. 후버댐은 볼더댐이라고 불린다. 31대 후버대통령의 이름으로 개명되었다. 후버댐이 사막의 불야성 도시에 물을 공급한다. 사막의 도시는 밤과 낮이 너무 다르다. 부슬부슬 비가 내린다. 웬 횡재. 1년에 비가 100mm도 안 내린다는 사막에서 비를 맞는 건 3

대에 걸쳐 나라를 구한 덕이란다. 거기에다 무지개까지 떴다. 정말 나라를 구한 덕을 쌓았나 보다.

모든 호텔 1층에는 카지노가 있다. 우리가 묵는 호텔은 객실이 4천 개가 있는 플라밍고호텔이다. 최신형은 아니다. 천 개가 넘는 객실이 있는 호텔이 열 개가 넘는다고 한다. 상상이 안 간다. 이 호텔은 주인이 애인에게 선물해 준 것이라 한다. 애인의 이름을 따서 플라밍고, 홍학이다. 그래서인지 정원에는 홍학을 키우고 있다. 참 통도 크고 멋진 남자다. 하루 종일 사막을 달려와 지친다. 그렇다고 라스베이거스의 밤을 잠만 자고 갈 수는 없지 않은가? 세계에서 가장 결혼하기 쉽고, 이혼하기 쉽다는 곳이다. 항상 열려 있는 결혼식 무대가 있다. 요즈음은 이벤트성으로 관광 상품화되어 있다. 한참 이슈였던 서태지와 이지아의 결혼식도 여기서 했다는 설이 있다. 정신을 혼미하게 하는 화려한 불빛과 환락의 도시에 취하고 보면 처음 만난 사람도 평생 찾던 백마 탄 왕자와 공주로 보일 수 있겠다. 밤에 결혼하고 아침에 정신이 들어 현실을 직시하면 이게 아닌데 하며 더 늦기 전에 이혼을 하나 보다. 이음새가 쉬운 것은 풀기도 쉽다.

야경은 옵션투어다. 세계에서 가장 큰 호텔들이 즐비한 이곳은 우리가 상상하던 것 이상이다. 호텔 규모가 크다는 정도가 아니라 각각의 호텔들은 특징과 이미지가 다르다. 파리 에펠탑을 만들어 놓은 호텔, 개선문을 만들어 놓은 곳도 있다. 만화 캐릭터를 해 놓은 곳도 있는가 하면, 베네치아를 똑같이 만들어 수로에 배를 이동시키며 뱃삯을 받는 곳도 있다. 자유의 여신상이나 유럽의 유명한 관광

지를 축소하여 만들어 놓기도 했다. 어느 호텔에서는 밤에 한 시간에 한 번씩 분수 쇼를 한다. 음악에 맞추어 춤추는 화려한 쇼를 보기 위해 사람들이 시간 맞춰 몰려든다. 어느 호텔 천장은 구름이 떠 있는 하늘 같다. 그 위에는 호텔 건물이 있다는데 아무리 봐도 꼭 가을 하늘 같다. 이 작업을 LG에서 LED 전구를 사용해 만들었다. 자부심이 느껴진

다. 먼저 생긴 구시가지와 신시가지로 구분된다. 아무래도 구시가지는 여러 면에서 낙후되다 보니 관광객이나 사람들이 덜 가게 된다. 건물주들이 손님 눈길을 끌기 위해 구상한 것이 화려한 전자 쇼다. 세계 각국 회사에서 입찰에 응모했는데 LG 전자가 1원에 낙찰받았다. 1,350억 공사를 단돈 1원에. 단, 전면 여섯 군데에 LG 로고를 박아주는 조건이다. 밤 8시에 10분간 보여주는 전자 쇼는 200m의 전광판에 총천연색으로 화려함의 극치다. 어디에서도 볼 수 없는 입체 전자 쇼를 보기 위해 많은 사람들이 와 있다. 이 시간에 맞추어 관광객들이 모여든다. 사람이 모이다 보니 별의별 재주를 가진 사람들이 자기의 끼를 발휘한다. 노래하는 사람, 기발하게 춤추는 사람, 줄타기 공연을 하는 사람, 거의 나체로 큰 유방을 드러내 놓고 같이 사진을 찍어주며 돈을 받는 글래머 아가씨, 키와 덩치가 큰 그녀와 사진을 찍겠다는 한국 중년 남자는 키가 작아 유달리 큰 그녀의 가슴에 묻힌다. 보기 민망한 이상한 물건도 팔고 먹을거리도 판다. 정신이 혼미해서 이 세상이 아닌 듯하다. 곡예를 연출하는 서커스단도 있고, 동물인 듯 사람인 듯한 차림으로 눈길을 끌기도 한다. 번쩍이는 LED 불빛은 사람을 제정신이 아니게 만든다. 길옆의 건물에는 사각으로 LG 로고가 박혀 있다.

♠ 캘리포니아를 말아먹은 근육질의 유명 배우

영화배우가 시장이 되면서 캘리포니아 경제가 곤두박질했다고 한다. 근육질의 남자 아널드 슈워제네거. 영화배우가 주지사를 하겠다고 나와 캘리포니아주를 주저앉히다니 누구를 탓할 수도 없다. 그에게 표를 던진 사람들의 책임이지 않은가. 우리도 이런 사례를 여러 번 보아 왔다. 한 사람의 리더를 잘못 뽑으면 경제와 미래와 삶이 휘청거린다. 표를 가진 사람들이 '묻지 마' 인기 위주로 표를 싸게 던져 버린 결과다. 자기가 잘하는 일에 최선을 다하는 것이 이 사회에 공헌하는 아름다운 모습이다. 자기 분야도 아니면서 명성을 좇다 보면 본인도 사회도 멍들게 한다.

캘리포니아는 멕시코와의 전쟁에서 빼앗은 땅이다. 현재는 미국의 곡

창지대다. 우리나라에 들어오는 농산물 중에 캘리포니아 농산물이 많다. 비행기와 기계로 짓는 전문 농업이다. 기업이 짓는 농업 방식에 우리는 게임의 상대가 안 된다. 사막 같은 드넓은 땅에 모두 관수시설이 되어있다. 비가 오지 않아도 농사에 지장이 없다. 파인애플 농장은 가도 가도 끝이 보이지 않는다. 화교 식당에서 이른 아침을 한식다운 한식으로 배불리 먹었다. 주인이 대구에서 태어난 화교라서 한식을 아주 맛있게 했다.

♠ 인디언의 슬픈 사랑이 울고 있는 요세미티 국립공원

요세미티 국립공원은 산 아래다. 아침 일찍 도착해 추웠다. 이따금 미국의 산불 광경을 심심치 않게 뉴스에서 본다. 산이 크다 보니 불끄기도 힘들겠다. 옐로스톤 국립공원은 3개월 동안 산불을 끄지 못했다. 대형 산불에 산짐승들이 캐나다로 도망가 버렸다. 유인책을 써도 오지 않았다. 야생동물도 국가의 재산이다. 애를 태우던 중 3년 후에 캐나다에 폭설이 내렸다. 굶고 있던 동물들이 다시 돌아왔다. 캐나다에 있는 다른 동물과 그동안 번식시킨 새끼까지 데리고 왔다. 참, 행운의 나라다.

비가 적은 곳에는 인위적인 산불보다 자연현상으로 불이 자주 난다. 우람한 근육질의 남성 같은 산이다. 바위 하나가 통째로 1,908m나 된다고 하니 역시 크다. 붉은 곰이라는 이름의 공원은 인디언들의 요새이기도 했다. 지금은 인디언의 슬픈 전설만 내려온다. 강자는 본인의 위대함을 과장하여 포장하고, 약자는 슬픈 이야기를 남긴다. 이곳을 점령하려

는 정부군 장교와 이 산을 목숨 걸
고 지켜야 하는 인디언 추장 딸과의
슬픈 사랑 이야기이다. 지금도 비통
해하는 인디언들의 눈물이 곳곳에
배어 나오는 것 같다. 비가 오지 않
아 면사포 모양의 3단 폭포가 며칠
전만 해도 흐르지 않았다는데 지금
은 기적같이 쏟아진다. 날씨만큼은
잘 택한 것 같다.

우리와 같은 여행 일정에 부부 같
지 않은 중년 남녀가 있다. 짐작건대
조강지처 모습은 아니다. 이들 중년
남녀는 밤에도 까만 선글라스를 쓰
고 둘만 열심히 사진을 찍는다. 빨간
커플 잠바를 입고 철없는 연인 같은
행동이 눈을 즐겁게 한다. 조강지처
부부는 좀 멋들어진 모습을 왜 연출
하지 못할까?

공원에서 트램 투어라는 관광용
열린 기차를 탔다. 산속인 데다 아
침이다. 뚜껑이 없는 열차에 바닥이
철로 되어 있어 엉덩이가 시리다. 쌩

쌩 바람은 불고 너무 추우니 정신이 몽롱하다. 안내하는 해설자는 미국 여자다. 모두 한국 사람인데 우리말로 설명해 주면 좋겠다. 해설자가 열심히 떠들기는 하지만 무슨 소린지 모르겠다. 빨리 내려 햇빛이 있는 쪽으로 갔으면 하는 마음뿐이다.

국립공원에서 느긋하게 하루 일정을 보냈다. 오랜만에 산길을 걷고 동료들과 담소하는 시간을 가졌다. 아름드리나무들이 인상적이다. 아직도 회복하지 못한 룸메이트는 가게에서 쇼핑만 하며 시간을 보낸다. 건강해야 여행도 즐겁다. 주변 호텔에서 장작불을 지펴 주어 몸을 녹이고 나니 살 것 같다. 10월 날씨는 추웠다. 점심은 소풍 나온 기분으로 햄버거를 주었다. 수제 햄버거는 맛이 좋았다.

♠ 살고 싶은 도시, 떠나고 싶은 항구 – 샌프란시스코

가고 싶은 도시 1위, 살고 싶은 도시 1위, 그러나 떠나고 싶은 도시 샌프란시스코를 일컫는다. 샌프란시스코에 대한 노래, 영화, 배경으로 쓴 소설은 이상적인 도시로 상상하게 한다. 아마도 풍요로운 항구도시에 대한 열망일 것이다. 스페인 신부와 수녀가 전교하러 다니면서 세운 성당 이름들을 스페인식으로 짓다 보니 도시 이름에 '코' 자가 붙은 게 많다.

아침엔 버클리 대학을 걸어서 한 바퀴 돌았다. 모습은 대학 같지 않다. 마을이 다 학교라서 크고 작은 건물이 옹기종기 모여 있는 동네다. 대학을 여행지로 가야 하는 나이는 아니다. 그러나 학부모 중에는 대학

에 관심이 많은 사람이 있다. 가는 곳마다 유명한 대학을 경유한다. 대학 건물을 본다고 자식의 실력이 느는 것도 아닐 것이다. 세계 사람들이 자녀를 보내고 싶은 대학. 우리도 이런 대학이 있었으면 좋겠다. 우물 안에서 싸우느니 큰 호수에서 경쟁하는 게 살아남을 확률이 더 높을 것이다.

샌프란시스코는 부산항 같은 곳이다. 모두가 살고 싶어 하는 아름다운 도시지만, 막상 살아보면 떠나고 싶은 도시라고 한다. 이상과 현실은 차이가 크기 마련이다. 보기에 이상적인 사람이 막상 살아 보면 버리고 싶은 경우가 얼마나 많던가? 내가 정들어 살고, 주변에 좋은 사람이 있는 곳. 내가 몸 비벼 살기 만만한 곳이 내게 좋은 삶의 자리일 것이다. 유명한 관광지로 뽑힌 페리 빌딩은 항구 옆에 있다. 그러다 보니 다양한 먹

을거리, 야채, 과일, 줄 서 있는 유명한 빵집이 많다. 세계적으로 유명하다는 커피집이 있다. 값이 우리네 유명한 커피점보다 더 싸다. 빵을 사 들고 부둣가 난간에 걸터앉아 식사하는 사람들, 농사지어 직접 파는 농부, 그중에 재미있는 복장으로 손님을 유혹하는 장사꾼도 있다. 과일, 빵, 음료는 시식만 해도 배부르다. 과일은 우리 것보다 못생겼고 크기도 작다.

친환경 농법으로 농사짓기에 작고 못생긴 게 정상인 과일이다. 약품 처리로 크고 때깔 좋은 과일이 오히려 이상한 것이다. 배도 주먹만 하다. 식구들도 없는데 큰 배는 낭비일 수도 있다. 우리 배가 세계에서 제일 달고 맛있다. 그런데도 수출길이 막힌 것은 큰 것에 비중을 두어 농사를 짓기 때문이다. 밤도 수입업자는 작은 것을 원하는데 농사는 큰 것만 선호하다 보니 수출을 못 한다고 한다. 우리도 농사를 보기 좋은 것보다 몸에 좋은 것으로 전환해야 할 것 같다. 그래서일까? 여행 중에 이상한 경험을 했다. 나는 모든 음식을 가리지 않고 잘 먹는다. 여행 중에 나를 당황하게 한 것은 지금까지 보지 못한 경험이다. 변이 완전 붉은색 띠는 황금

색이다. 처음엔 놀라서 몸에 이상이 있는 게 아닌가? 불안했다. 그러다 보니 날마다 확인했다. 변의 색깔이 이렇게 예쁠 수 있다는 걸 처음 알았다. 집에 도착하면 병원에 가 봐야 할지 고민도 했다. 그러나 집에 도착해 이틀이 지난 후 걱정은 해결되었다. 음식 탓일까? 물 탓일까? 공기 탓일까? 여하튼 새로운 경험이었다.

♠ 금문교에는 사연도 많다

이곳은 지진대이면서도 고급스러운 높은 빌딩이 많다. 지진을 대비해 설계했다. 자연재해는 아무리 과학이 발달했어도 인간의 능력으로는 막

을 수 없는 일이다. 섬 사이를 잇는 베이 브릿지 다리와 소살리토와 프
레시디오의 섬을 잇는 금문교는 서해대교와 비슷하다. 그쯤이야 뭐가 그
리 대단하랴 싶지만 85년 전에 아무도 상상하지 못했던 공법으로 이 다
리를 만들었다. 물살이 급해 다리의 기둥을 바다에 박을 수 없어 양쪽
에서 와이어로 다리를 들고 있는 최초의 현수교다. 그 길이가 2,750m다.
85년 전이다.

조셉 스트라우스 설계
자가 이 설계 도면을 보여
주자 미쳤다고 아무도 받
아주질 않았다. 다행히 그
의 확신을 믿어주는 사람
이 모험적인 투자를 했다.
다리가 완공되던 1937년
다음 해에 설계자는 사망
한다. 그의 공로를 지금도
지역 사람들은 잊지 않고
있다. 금문교에서 지척으
로 보이는 베이 브릿지 다
리는 금문교보다 1년 먼
저 준공되었다. 그러나 명
성을 떨치지 못한 것은 지
진으로 성수대교처럼 중

간이 잘려 토막이 났기 때문
이다. 그때 많은 차가 운행하
다 다리로 떨어진다. 마지막
두 대의 차가 끊어진 난간에
대롱대롱 걸쳐 있다. 하나는
일본 혼다 차. 다른 하나는 현
대 차다. 전 세계에 생중계되
는 상황에서 사람들의 시선은
두 대의 차에 관심이 쏠린다.
어떤 차가 먼저 떨어질까 내기
심리다. 먼저 떨어진 차가 일
본 혼다 차다. 이 장면으로 현
대 차는 20만 대를 판 광고 효
과를 얻었다고 한다. 그래서인

지 미국 도로에는 현대차가 자주 눈에 뜨인다. 이따금 기아차도 보인다. 현대 차의 H자가 우리 눈에 익은 글자와는 조금 다르다.

항구도시는 사람으로 복잡하다. 상권도 활성화되었지만, 바다와 어우러진 풍광도 아름답다. 마포대교가 자살 명소인 것처럼 금문교도 자살자가 많다. 여러 경고문과 예방 장치를 해 놓았다. 문제는 자살자들이 샌프란시스코의 화려한 불빛을 향해 투신한다는 것이다. 바다에 비치는 현란한 불빛에 더욱 외로움을 느꼈을까? 아니면 정신을 빼앗겨 혼미한 상태였을까? 멋지게 죽어 보자는 영웅심리였을까?

♠ 다양하다는 것은 아름다운 것이다

유람선을 타고 금문교 주변과 앨커트래즈섬에 있는 악명 높은 유명한 앨커트래즈 감옥을 한 바퀴 돌았다. 이 감옥은 샌프란시스코 코앞에 있는 아주 작은 섬이다. 이곳에 수감되면 사방이 바다이고 물살이 급류라 탈출하기가 어렵다. 그동안 3명이 탈출을 시도했다는데 생사가 묘연해

성공했는지 실패했는지 알 수 없다고 한다. 이 사건은 영화로도 나왔다. 아무리 죄수지만 화려한 불빛을 쳐다보게 하는 건 너무 가혹한 형벌이라고 해 1963년에 폐지하고 지금은 관광지로 개방했다.

인천상륙작전을 지휘한 맥아더 장군에 대한 평가가 여러 가지로 나뉜다. 우리나라를 구한 훌륭한 지휘관인가? 남북통일을 막은 지휘관인가? 전문가가 아닌 나로서는 판단하기 어렵다. 여기서는 영웅으로 대접받아 맥아더 터널도 있다. 미국은 역사가 짧기에 역사적인 것에 의미를 부여하려고 노력하는 것 같다. 터널 하나에도 지역 출신 중에 기억해야 할 사람의 이름을 붙인다. 뉴욕에는 링컨 터널도 있다.

10월 31날은 핼러윈 날이다. 상점과 거리는 해골 가면이 붙어 있고 애들이 이상한 복장을 하고 거리를 다닌다. 힘이 세고 무서운 악마를 불러와 작은 악귀들을 물리친다는 의미라는데 기분이 영 좋지 않다. 아이들의 이벤트라고 하기에는 좀 으스스하다. 예전에는 어른들도 스트레스 푸는 식의 즐기는 놀이였다는데 지금은 시들해진 것 같다. 주로 호박으로 가면을 만들어 불을 켜놓는다. 미국의 호박은 사료로 사용하기에 흔한 작물이다. 규율적인 종교의식에서 하루쯤 탈출하고 싶은 욕구가 아니었을까?

마켓거리는 게이들이 축제를 벌이는 거리로 이따금 세계 이목을 끈다. 미국은 게이들의 동성결혼을 허락한 나라다. 다른 어느 도시보다 캘리포니아는 그런 면에서 자유로운 곳이다. 본인이 게이임을 밝히고 시장에 당선된 사람이 6개월 만에 피살되기도 했다. 시장이 다른 게이에게 눈길을 주었다는 이유다. 아직은 혼돈의 시기인 듯하다. 다른 데서 볼 수 없는 게 있다. 여섯 가지 색깔이 들어 있는 깃발이 꽂혀 있는 건물이다. 이건 '나는 게이입니다' 하는 표시다. 스스로가 게이라고 주장할 수 있는 도시. 옳고 그른 걸 떠나서 다양성을 받아들이는 사회는 앞으로 가는 사회다. 한 가지 색보다 무지개 색깔이 더 아름답지 않은가?

도로에서도 색다른 표지판을 본다. 차 번호판에 CC♥JB 이런 기호도 있다. CC와JB는 둘이 사랑한다는 말이다. 정상적인 번호판보다 돈을 더 주면 이런 번호판을 받을 수 있다고 한다. 둘은 이혼하거나 헤어지는 날 번호판도 바꾸어야 하겠다.

소살리토 예술인마을은 예술인이 모여 살며 서로의 공감과 감성을 나누는 마을답게 풍광이 아름답다. 바다 옆에 자리한 마을은 나지막한 다양한 모양의 건물들이다. 문화 수준이 높은 나라일수록 예술인에 대한 대우가 극진하다.

♠ 고추 먹다 객사하는 줄 알았다

뷔페식당에서 점심을 먹으려 음식을 고르던 중 고추장아찌를 보았다. 너무 반가웠다. 고추를 먹으면 입안이 깔끔해질 것 같았다. 고추를 한입 베어 물었다. 어찌나 매운지 가슴이 얼얼하다. 남은 반을 버릴까 하다 그냥 입에 넣었다. 1분이 지났을까? 위에서부터 온 내장이 뒤틀린다. 눈이 흐릿해 온다. 더 이상 어떻게 할 수 없어 화장실로 달려갔다. 화장실은 조금 전에 다녀왔었다. 룸메이트는 음식을 가지러 갔기에 말할 사이도 없다. 장애자용 화장실에서 온몸에 진땀을 흘리며 이를 악물었다. 정신이 몽롱해지고 장이 뒤틀리고 숨이 막혀 왔다. 그동안 매운 것을 먹지 않다 매운 고추가 들어가니 내장에 경련이 일어난 것 같다. 땀이 비 오듯이 쏟아진다. 집중하지 않으면 바닥에 쓰러질 것 같다. 내가 이대로 쓰러지면 말도 통하지 않는 이곳에서 죽을 것 같다. 내가 화장실에 있을 거라는 생각을 아무도 안 할 것이다. 나를 찾느라 모두가 소동이 나는 게 아닌가? 내가 미국 땅에서 이대로 죽는 게 아닌가? 하는 생각들이 순간에 스쳤다. 얼마나 진땀이 났는지 머리와 속옷이 물속에 빠진 것 같다.

한참 숨을 고르고 설사 하고 정신을 가다듬었다. 화장실에 있으면 더 안 될 것 같다. 겨우 기어 나왔다. 살면서 처음 느끼는 위기감이다. 청양고추가 제일 매운 줄 알았다. 청양은 매운 고추 중에 100위에도 못 들어간다고 한다. 오지게 매운 고추를 먹은 것이다. 겨우 식탁에 앉으니, 룸메이트도 배가 아프다며 신음한다. 둘은 가져온 음식을 먹지도 못하고 끙끙거리며 차에 올랐다. 나는 정말 죽을 것 같았는데 엄살이 많은 룸메이트가 더 앓는 소리를 낸다. 모두가 그녀만 위로한다.

♠ 돌아올 곳이 있어 행복하다

L.A.로 가는 중에 해변을 도는 몬테레이 드라이브 코스는 평화로워 보인다. 해변에 큰 나무들이 기품 있게 서 있는 건 장관이다. 예쁘게 단장한 유명인의 주택도 구경거리다. 유명 배우나 노벨상을 받은 소설가, 영화에 나왔다는 집, 바위 위에 뿌리내린 죽었다가 살아났다는 소나무.

덴마크 사람들이 자기들의 전통을 이어가기 위해 덴마크 양식의 건축물을 지었다는 솔 뱅은 쉬어 가는 관광지다. 점심도 덴마크 식당이다. 주변에는 다양한 상점들이 많다. 주로 덴마크 물건들이 많다. 열심히 눈으로만 쇼핑했다. 이곳까지 중국이 침략해 왔다. 싸다 싶은 것은 모두 메이드인 차이나.

마지막 저녁은 L.A.에서 한식으로 성공했다는 한인 식당이다. 불고기와 김치와 된장찌개는 그동안의 피로를 싹 씻게 했다. 일정은 끝났다. 새벽 3시에 일어나 L.A. 공항에서 비행기를 타고 시애틀에서 환승하여 인천공항에 도착한다. 계산해 보니 집에 도착하는 데 무려 20시간이 걸린다.

L.A. 공항은 오래된 시설이라서 보수 공사 중이고 엘리베이터도 고장이고 구조가 복잡하다.

처음 온 사람은 어디가 어디인지 수속도 하기 힘들 정도다. 다행히 가이드가 도움을 주어 비행기를 탈 수 있었다. 3시간을 타고 가 시애틀에서 인천 가는 비행기를 갈아타야 한다. 한국 아줌마가 휠체어를 타고 도우미 남자의 안내를 받고 있다. 한국에 가는 중이라기에 아줌마 휠체어를 따라 끝에서 끝으로 와야 하는 게이트를 찾았다. 안심이다. 돈을 아끼려고 외국 비행기를 탄다고 했다가 환승하는 게 불안해 은근히 걱정했다. 그렇게 걱정하지 않아도 될 일이다. 괜히 걱정을 가불해서 했다. 오는 비행기는 너무 지루하다. 그동안 겨우겨우 잘 견디던 룸메이트는 이제야 적응했는데 집에 가게 되었다. 그래도 같이 오게 되어 다행이다. 이제는 혼자서 장거리 여행을 하지 않겠다고 여러 번 다짐한다. 남편과 가족이 같이 와야 안심이 되겠다고 한다. 고생 중에 철든다고 이번 여행에서 가족의 소중함을 깨달은 모양이다. 남편한테 알리지도 않고 가출했다니 이번 고행의 여행길은 큰 교훈이었을 것이다. 내가 살던, 내 집이 있는, 내 친구와 형제와 아들딸이 있는, 내 나라에 올 수 있어 행복하다.

6

♣ 단풍이 아름다운 캐나다

미국과 캐나다는 우리보다 더 밀접한 영향을 주고받는다. 미국이 재채기하면 우리나라는 감기에 걸린다는데 캐나다는 폐렴에 걸릴 정도다. 아무래도 국경을 같이 하고 있고 자주 왕래해야 하는 처지다 보니 영향을 더 받는 건 당연하다. 캐나다는 미국에 의존도가 높다. 캐나다로서는 자존심 상하겠지만 미국의 입장에서는 미국의 또 하나의 주처럼 취급한다. 캐나다는 영국 연방국이다. 호주나 뉴질랜드처럼 영국 왕을 왕으로 모신다. 영국 왕의 대리인인 총리를 뽑으면 영국에 가서 즉위식을 한다. 총리가 운영하는 입헌국이다. 미국처럼 싸워서 독립한 게 아니라 영국 정부에서 독립을 인정해 주었기 때문이다. 사회적 체제도 미국과는 영 다르다. 캐나다는 미국처럼 완전 자본주의 체제가 아니다. 북유럽 같은 약간은 사회주의다. 있는 사람은 세금을 많이 내고 없는 사람과 같이 살아가야 한다는 체제다.

땅은 우리의 46배인데 인구는 고작 3천만 명이다. 나라 전체가 자연공원이나 다름없다. 땅은 크지만, 사람이 살 수 있는 곳은 일부분이다. 100여 개의 언어와 70여 개의 소수민족이 동거하는 나라다. 각각 다른 종교와 언어를 잘 계승하도록 장려하고 다양함을 인정하는 나라다. 이민을 장려하는 나라다 보니 우리 교민들도 많이 정착하고 있다.

캐나다는 전 국민이 국가와 동업하는 형태다. 미국은 세금이 32%인데 캐나다는 세금을 50%나 내니 복지정책이 잘 되어 있다. 경쟁하며 치열하게 일을 하지 않아도 국가에서 먹여 살려 준다. 땀 흘리며 일을 하지 않는다. 그래서일까 캐나다는 대기업의 유명브랜드가 없다.

늙어서는 좋은데 젊은이들은 한 가지 일만 하면 살 수 없어 두세 개의

알바를 한다. 젊은이 대부분은 미국으로 이동한다. 캐나다도 젊은 사람이 없어 이민을 받아야만 한다. 1980년도만 해도 기술이민을 받았다. 이제는 투자이민을 받는다. 돈이 없으면 이민 가기도 어렵다. 어디서나 산다는 게 만만하지 않다.

가을을 택한 것은 캐나다의 단풍을 보고 싶어서다. 날씨가 좋아 색색으로 물들어 가는 단풍의 얼굴을 볼 수 있어 행복했다. 새벽 5시부터 캐나다 국경을 향해 자욱한 안개 속을 달리는 버스. 국경을 넘을 때는 미국처럼 복잡하지 않다. 하기야 돈을 쓰러 가는데 쌍수 들어 환영해야지. 캐나다 경제를 살리는 일인데 유난을 떨 필요는 없지.

♣ 나이아가라폭포로 먹고사는 도시

나이아가라폭포는 캐나다 쪽에서 보는 게 장관이다. 국경 옆에 나이아가라폭포가 장관을 이루며 떨어진다. 미국 쪽에서 흘러오다가 캐나다

국경에서 떨어지니 정작 폭포는 캐나다에 있다. 8만 명의 나이아가라 시민은 폭포로 먹고산다. 대대손손, 이 폭포로 살아갈 것이다. 이건 자연이 주는 축복이다. 헬기를 타고 하늘에서 폭포 보기, 바람의 기둥이라는 이름으로 폭포 가까이에서 우비를 쓰고 물방울 맞기, 옆에 있는 스카이타

위에 올라가 폭포를 내려다보며 돌아가는 대형 테이블에서 특식 먹기, 폭포에 대한 전설을 스토리로 방영하는 아이맥스 영화 보기, 강줄기에서 출렁이는 보트를 타고 상류를 곡예 하듯 휘돌아오는 제트보트타기 등은 모두 선택 관광이다. 그야말로 돈을 쓰게 만든다. 도시 전체가 나이아가라폭포로 엮여 있다. 그러나 뭐니 뭐니 해도 하이라이트는 배를 타고 폭포 한가운데 들어가 쏟아지는 폭포를 직접 체험하는 일이다. 장관이다. 이 장엄한 구경을 마지막에 해 주는 것은 이 체험을 먼저 하면 다른 선택 관광을 할 필요가 없기 때문이다. 돈을 더 쓰게 하는 꼼수일 거다. 거금을 들여 여한 없이 나이아가라폭포를 체험했다. 폭포는 조금씩 파이고 움직이다 보니 5천 년 뒤에는 없어질 수도 있다고 한다. 자연의 변화는 우리 인간의 한계성과는 무관한 일이다. 폭포의 물살을 거슬러 올라가는 제트보트는 기사의 스릴 있는 운전으로 스트레스와 피로가 싹 가실 만큼 재미있다. 모두 물에 빠진 생쥐다. 어린애가 되어 소리치고 함성을 지르고 무섭다며 야단법석을 치면서도 즐거워한다.

♣ 자녀 유학은 한인이 없는 곳으로

교민들이 많이 산다는 토론토는 최대의 산업도시다. 바둑판같은 길에는 전차가 다닌다. 우리보다 선진국이라는 나라는 지금도 전차를 잘도 운영하는데 우리는 공해가 적은 전차를 왜 서둘러 없앴는지 모르겠다. 초승달 사이에 비행접시 모양으로 지은 신시청사보다 고풍스러운 구청사가 정감 있어 보인다. 시청이 있는 곳이라면 북적거릴 거라는 생각과

는 달리 너무도 한산하다. 이처럼 사람이 많지 않아 잘 차려놓은 가게
는 장사가 되나 걱정스러울 정도다. 그래도 상인들의 표정은 느긋하다.

기초의과 대학으로 유명한 토론토대학은 마을 전체가 대학이다. 큰 건
물이 아니라 여기저기 흩어져 있는 한 마을 같다. 세계에 내놓을 것 없

는 우리의 대학은 건물만 세우느라 학문을 세우지 못한 건 아닌가 싶다. 어디를 가나 숲과 단풍으로 이루어진 거리 풍경은 참 예쁘다. 한인촌에는 우리나라에 있는 모든 가게가 다 있다. 음식점, 식품, 한의원, 병원, 미장원 없는 게 없다. 한인촌에 살면 영어가 필요 없다. 자식 유학 보낼 때 한국 사람이 없는 곳으로 보내야 영어 한마디라도 배운다. 이런 한인촌에 보내면 아무 효과가 없을 것 같다.

14대째 와이너리를 운영한다는 독일계 와인농장에 갔다. 드라이 와인이 유명하다. 그러나 청포도로 만든 달달한 와인이 더 맛있었다. 술하고는 별로 인연이 없는 터라 맛보기만 했다. 바다같이 넓은 땅에 이어지는 포도농장. 시작도 끝도 안 보인다. 포도 수확도 기계로 한다. 하기야 이 넓은 농사를 사람 손으로 하려면 타산이 맞지 않을 것이다.

♣ 영국과 프랑스 세력 싸움터 퀘벡

　상점은 이월상품 세일을 많이 한다. 캐나다 달러는 미국 달러보다 싸다. 젊은 여자들은 물건을 많이도 사들인다. 열심히 먹고, 열심히 구경하지만, 물건은 사지 않는다는 나의 여행 규칙을 이번에도 어기지 않으려고 자제하고 있다. 건강식품 파는 가게는 아사이베리 효능을 열심히 설명한다. 블루베리에서 아로니아로 이번에는 아사이베리 차례인가 보다. 우리 복분자, 오디, 머루 등을 먹으면 더 효과적일 것이다. 우리 농민들은 자본력이 없어 대대적인 광고를 못 하기에 상업성이 떨어진다. 가이드가 망고와 크랜베리를 사 주었다. 선택 관광을 많이 해준 것에 대한 약간의 환원 차원이다. 맛은 별로다. 선택 관광에서 바가지 쓴 기분이 들긴 했지만, 그들도 먹고 살아야 하는 일이라 눈감아 준다.

　차가 우리나라 관광버스보다 크다. 55명이 정원이다. 여행지마다 사람들이 바뀐다. 미국 동부를 여행 온 사람들과 같이 다니다 캐나다에 오는 일행들과 합류했다. 중간에 내리면서 빠지기도 하고 다른 사람이 합류하기도 한다. 처음 공항에서 만난 사람들과는 같은 일정이라서 같이 다니다 보니 약간은 정도 들었다. 일행 중에는 미국에 유학 온 아들을 만나러 온 김에 여행하는 부부도 있다. 캐나다에 유학 온 아들과 합류해 며칠 동안 같이 여행하는 부부도 있다. 여행하다 뜻이 맞아 애들하고 여행을 왔다는 단체 여행객도 있다. 가족이 여행을 오려면 비용이 만만치 않을 터이다. 젊은이가 그렇게 여유로울까? 내 젊을 때를 생각하면 계산이 안 나온다. 그러나 나이 든 사람보다 젊은이들이 더 많다. 젊어서 가족여

행을 할 수 있다는 게 부럽
다. 저녁은 된장국으로 먹었
다. 모든 반찬이 우리보다 짜
다. 그래도 우리의 소금 섭취
량이 많다고 하는 건 국물
을 먹기 때문이라는데 오랜
만에 국을 먹으니 밥을 먹은
것 같다.

　퀘벡 주의 퀘벡시는 유네
스코에 문화유산으로 지정
된 아름다운 항구도시며 군
사요충지다. 여기저기에 군
사용으로 쓰였던 대포가 진
열되어 있다. 높은 성벽을 쌓
아 대서양을 통해 군수물자
가 들어오는 것을 지키는 게
유리한 지역이다. 적과의 치
열한 전투지역이다. 적이라
는 게 캐나다 사람의 입장
이 아니고 이곳을 점령하려
는 영국과 프랑스다. 자기네
들끼리의 적이다. 이곳은 모

피 무역을 하던 프랑스 사람들의 근거지였다. 프랑스의 요충 지대였으나 영국과 7년 동안 전쟁을 하던 중 1758년 영국 제임스 오프 장군이 한밤중에 높은 성벽을 기어 올라와 프랑스군을 제압함으로써 모든 도시가 영국으로 넘어가게 된다. 그 연유로 캐나다가 영국령이 되었다. 미국의 독립전쟁 때 앙심이 있던 프랑스가 주변 국가를 부추겨 미국을 도와주게 된 이유다. 1774년 영국은 말썽 많은 퀘벡시를 따로 떼어 주고 세금만 잘 내면 자치권을 인정해 주기로 한다. 그동안 퀘벡시는 여러 차례 캐나다로부터 자치 독립을 하려는 움직임도 있었다. 여러 번 시도했지만, 국민투표에서 부결되었다. 그러나 지금도 프랑스풍의 건물들은 많은 사람이 좋아하는 관광지가 되어 있다.

♣ 우리의 첫 금메달 몬트리올

광장에는 영국 넬슨 제독 동상이 아주 높은 곳에 올려 져 있다. 기둥이 어찌나 높은지 그 위에 서 있는 제독의 모습은 잘 보이지 않는다. 프랑

스 사람들이 사는 이곳에 영국 정부에
서 영국 영웅 넬슨 제독의 동상을 세우
라고 했다. 프랑스 사람들로서는 배알
이 꼴리는 일이다. 그렇다고 거절할 수
도 없어 아예 높은 기둥 위에 제독이 잘
보이지 않게끔 세웠다는 것이다.

　몬트리올 올림픽은 1976년 양정모 선
수가 레슬링 자유형에서 우리나라 최
초로 금메달을 따 영웅이 된 곳이다. 지금은 금메달이 하도 많다 보니
선수들 이름도 기억하지 못한다. 올림픽 출전 사상 처음 딴 금메달은 국
민들의 긍지와 자부심을 높여 주었다. 유독 몬트리올 주 경기장은 우리
의 기억에 각인되어 있다. 그러나 경기장은 기대만큼은 아니다. 50년 전
이다 보니 지금의 우리 눈에는 허름해 보인다. 그래서 처음이라는 게 중
요하다. 첫사랑, 첫 경험, 첫인상 등등

노트르담 성당은 5달러를 주고 들어간다. 사람들이 너무 드나드니 청소비를 받는 모양이다. 1994년 유명한 가수인 셀린 디온의 결혼식이 전 세계에 중계되면서 더 유명세를 가졌다고 한다. 내부는 모두 금칠이 되어 화려함의 극치를 이룬다. 너무 화려해 기도하는 마음이 아니라 더 혼란스럽다. 사람들은 나와 비슷한 것에 정감이 가고 마음이 놓인다. 나와 너무 다른 모습에 거리감을 느껴 편안하진 않았다. 그냥 구경만 했다.

성 요셉성당은 기적 성당으로 유명하다. 높은 언덕 위에 자리하고 있다. 멀리서 보기만 해도 둥근 돔으로 되어 있는 성당이 우아하고 고풍스럽다. 높이가 97m에 이른다. 세계에서 두 번째 크기다. 사람들이 많아 성당까지는 올라가지 못하고 입구에서 바라만 보았다. 요셉성당 신부님이 아픈 사람들에게 안수해 주면 그 자리에서 치유가 되는 기적이 일어났다고 한다. 특히나 다리 아픈 사람들의 치유를 잘 해주어 의족이나 목발이 필요 없게 되어 놓고 간 것들이 즐비하게 진열되어 있다고 한다. 내가 직접 보지 않아 확신할 수는 없지만 세상에는 과학으로 증명할 수 없는 신비한 일이 많이 일어나기도 한다.

♣ 슬픈 사연이 감동적인 천 섬의 볼트 성

캐나다에서 인상 깊은 여행지는 1,800개의 섬으로 이루어진 천 섬의 유람선 관광이다. 인디언은 천 섬을 신의 정원이라고 불렀다. 센트로렌스 강 줄기에 1,800개 이상의 크고 작은 섬들이 형형색색의 나무와 단풍으로 물들여지고 있다. 섬에는 세계 각국의 부호들이 자기 취향대로 별장

을 짓고 호텔을 지었다. 어떤 섬은 가로세로 10m 정도 되는 작은 곳에 개집보다 조금 커 보이는 집을 지었다. 모두 개인 소유라서 사고팔 수 있다고 한다. 누구나 돈이 있으면 살 수 있다는데 이런 말이 있다. "별장과 세컨드는 가지는 순간부터 후회한다." 별장은 언니가 가지고 있는 게 제일 좋다. 관리는 언니가 하고 필요하면 잠깐 빌려 쓰면 되니까.

맑은 강물에 주변의 경관은 동화 같다. 그중에 가장 눈길을 끄는 건 〈볼트 성〉이라는 이름의 건물이다. 마치 고대의 성처럼 지어진 건물은 미완성으로 오랫동안 방치되어 있던 것을 미국이 사서 완성했다. 〈눈물의 성〉이라고 불리기도 한다.

억수로 비 오는 밤. 볼트가 일하는 호텔에 노부부가 찾아왔다. 마침, 객실 방이 없었다. 늦은 밤에 비를 맞고 추위에 떠는 노부부를 돌려보낼 수 없었다. 볼트는 자기의 누추한 방을 내주었다. 이 부부는 윌리엄 월도프 아스토라는 유명한 호텔의 소유주였다. 그 부부는 자기를 친절하게

대해 준 볼트가 고마워 자기 호텔 지배인으로 채용했다. 볼트는 호텔 소유주 딸과 사랑에 빠져 결혼했다. 그러나 행복은 오래가지 못했다. 사랑하는 아내가 불치병을 앓는다. 볼트는 아픈 아내 생일 선물로 심혈을 기울여 이 별장을 짓는다. 짓는 중에 그만 아내가 세상을 떠나자, 그도 모든 걸 중단하고 두 번 다시 별장에 오지 않았다고 한다.

사연도 모양도 아름다운데 슬픈 스토리가 있어 더욱 돋보인다. 아내를 위해 이런 선물을 해주다니. 볼트성은 동화에 나오는 공주의 성 같다. 섬에는 세계에서 가장 작은 국경 다리가 있다. 3m 정도다. 양쪽 작은 섬에 걸쳐 있다. 한쪽은 미국 성조기가, 한쪽은 캐나다 국기가 꽂혔다. 그곳을 기점으로 강의 국경이 나뉜 곳이다. 우리는 캐나다 쪽에서 유람선을 탔기에 미국 쪽으로는 갈 수 없어 배 안에서만 구경했다. 다양한 섬들의 모습도 그러하지만, 주인의 취향에 따라 지은 건물들도 구경거리다.

캐나다를 거쳐 다시 미국으로 들어와야 했다. 오는 도중에 캐나다 면

세점에 들렀다. 30년산 와인이 다른 곳보다 월등히 싸다고 구입하는 사람이 많다. 다른 물건들도 싸다. 여기는 중국 사람이 오지 않아 조용하고 한산하다. 다시 미국의 국경을 넘어올 때는 역시나 까다로웠다. 버스 짐칸에 있는 가방까지 열어 보게 한다. 짐 속에 생과일이나 씨앗들이 있는지, 달러가 만 불 이상 있는지, 확인하고 손도장을 찍고 여러 가지를 물어댔다. 미국은 다른 나라에 죄지은 게 많아 불안하기도 할 것이다.

아픔과 상처를 품어 안은 / 남아공

7

♠ 호기심 가득한 멀고 먼 대륙

아프리카를 가보고 싶다는 생각은 좀 무리한 계획이었다. 몇 번인가 망설이다가 갈수록 선택의 폭이 좁아진다는 생각에 용기를 냈다. 나에게 핑계를 댔다. 아직은 다리가 흔들리지 않아서, 죽을 때 후회하지 않기 위해서 이런 변명을 하면서 외상으로 여행을 신청했다. 성수기에는 가격이 비싸다. 남이 가지 않을 때 가야 경비를 줄일 수 있다. 나와 생각이 같은 사람들을 인천공항에서 만났다. 다행히 젊은 인솔자와 동행하게 되어 안심이다. 20명이 예약했는데 모인 건 12명이다. 아프리카는 위험하고 전염병이 많고 힘들 거라는 주변의 만류에 포기한 사람이 많았다. 나도 그런 만류를 많이 받았다. 특히나 아들딸의 만류가 심했다. 휴양지인 동남아나 다녀오란다. 살아 있다는 자체가 힘든 게 아닌가. 무료하게 힘든 것보다는 활력 있게 힘든 게 나을 것 같았다. 여자 11명에 부부로 따라온 남자 1명, 인솔자, 어디든 여자들이 대세다. 간단한 인사와 수속을 하고 대충 분위기를 보니 나와 동갑이 모두 세 명. 제일 많은 나이다. 왠지 마음이 무거워진다. 젊은이에게 민폐를 끼치지는 말아야지. 짐스럽게 하지는 말아야지 하는 긴장감이 든다. 예전에 느껴 보지 못한 감정이다.

남아프리카공화국 약칭 남아공으로 직접 가는 비행기는 없다. 홍콩에서 요하네스버그로 가서 케이프타운으로 가는 국내 비행기를 갈아타야 한다. 비행기 속에서 18시간, 갈아타기 위해 기다리는 시간 8시간. 7시간 시차다. 홍콩행 비행기가 처음부터 연착이다. 태풍으로 제시간에 뜨지 못해서다. 어차피 홍콩에서 몇 시간 무료하게 기다리느니 인천공항에서 기다리는 게 나을 것이다. 3시간이 넘게 연착한 비행기는 밤에야 출발했다. 밤 8시가 넘어 기내식이 나왔다. 내부가 전부 붉은색이라 역시 중국답다. 비행기를 3시간 타고 홍콩 국제공항에 내리니 밤 10시다. 홍콩과는 1시간 시차다. 짐을 내려 다시 싣고 비행기를 갈아타야 해서 왔다 갔다 하는 동안 시간이 다 되었다. 남아공 국적 비행기는 기내가 전부 검은색이다. 검은 얼굴에 검은 옷에 검은 머리를 한 승무원들과 검은색 의자는 묘한 느낌이 들게 한다. 조화일 수도 있지만 좀 답답하고 먹먹하다. 쫑쫑 따서 올린 승무원의 머리 스타일과 승객들의 얼굴색이 검은 사람이 많은 게 아프리카로 간다는 실감이 난다.

♠ 계절이 우리와는 반대다

긴 비행시간이다. 밤에 시작한 여행길은 가도 가도 밤이다. 서쪽으로 가기에 계속 밤이 연결된다. 밤 두 시에 기내식이 나왔다. 그게 저녁인지 아침인지 구별이 안 된다. 한참을 자다가 밥을 먹어서다. 아침을 먹지 않는 나는 망설였다. 그러나 먹어 두어야 한다기에 빵과 닭고기덮밥으로 나온 식사를 하면서 간절히 김치가 생각났다. 아니면 깍두기라도 있으면 소화가 잘될 것 같다. 비상용으로 가지고 온 튜브 고추장을 꺼냈다. 옆 의자에 앉은 동료가 더 반가워한다.

　손을 내밀면 잡힐 것 같은 별. 참으로 오랜만에 뚜렷한 별을 보는 것 같다. 큰곰자리, 북두칠성, 카시오페이아, 물병자리, 황소자리 이름은 들었지만, 구별은 할 수 없다. 다만 북두칠성은 알아보았다. 별이 더 크고 선명하다. 헤아릴 수 없는 별 중에 우리가 사는 지구도 작은 별 중에 하나다. 저 많은 별 중에 지구보다 더 발전한 생명체가 없다고 단정할 수 있을까? 외계를 탐사하기 위해 탐사선을 보내고, 소설이나 만화에서도 외계인에 대한 호기심을 나타낸다. 사실처럼 유포되고 있는 이야기도 많다. 나도 외계인이나 UFO에 관심이 많다. 별을 보면서 내가 얼마나 미미하고 작은 존재인가, 대단한 것처럼 인정받고 싶다는 욕구로 살아왔다는 게 부끄럽게 느껴진다. 좀 더 겸허하게 살아야지 반성해 본다.

　17시간의 밤을 지내고 구름 위에 뜨는 태양을 본다. 어둠은 빛을 이기지 못한다는 사실을 증명하듯 빛이 퍼져 오자 어둠이 도망갔다. 가슴이 벅차오른다. 이런 전율의 느낌 때문에 나는 낯선 곳을 찾아다니는 것 같다. 세계 허브공항인 요하네스버그 공항에 도착한 것은 현지 시각 오전 7시다. 우리와 계절이 반대다. 우리는 봄인데 모두 가을 색이라 초목은 갈색이다. 공항이 엄청나게 크다. 아프리카에서 제일 큰 공항이다. 아프리카에서는 남아공이 제일 잘 사는 나라다. 아니, 흑인이 잘사는 게 아니고 남아공에 사는 백인이 잘사는 곳이다. 백인보다 흑인이 대부분이다. 공항에 일하는 직원들도 모두 흑인이다. 여자들의 머리 모양이 어찌나 예술적인지 작품 같다. 사진을 찍고 싶지만, 초상권에 걸릴까 조심스럽다.

여기서 다시 케이프타운으로 가는 국내선 비행기를 갈아타야 해서 두 시간 넘게 기다려야 한다. 이곳 신문에 대문짝만하게 나온 사진이 눈길을 끈다. 글씨는 알아볼 수 없지만 어림잡아 동성애를 합법화했다는 기사인 듯하다. 두 남자가 사람이 많은 광장에서 진하게 키스하는 장면이다. 주변 사람들은 별 관심 없는 표정이다. 이 나라 풍토가 그런 일쯤은 다반사라는 것일까. 동성애 문제로 우리나라도 난감해하는 일이고 보면 문화적인 차이를 실감한다. 미국 센트럴파크에서 남자 둘이 웨딩사진을 찍는 것을 볼 때와는 또 다른 느낌이다. 머지않아 이런 모습을 우리도 자주 보게 될 것이다.

♠ 금과 다이아몬드의 나라, 그러나 가난은 여전하다

공항에 삼성 핸드폰 광고가 크게 걸려 있는 게 자랑스럽다. 집 떠나면 다 효자고 고국을 떠나면 다 애국자라고 한다. 먼 곳에서 보는 우리 제품 광고는 피로를 풀어 준다. 기아에서 만든 소형 승용차도 반갑다. 국내 비행기를 두 시간 더 타야 해서 버스를 타고 이동한다. 승무원이 어디서 왔느냐고 묻는다. 코리아! 대답을 하고 나니 순간 잘못했다는 생각이 들었다. 노스 코리아? 하고 되물었다. 사우스 코리아! 그녀는 짜증을 부리

는 표정을 지었다. 아프리카
는 북한하고 친한 나라가 많
다. 70년도에 북한이 우리보
다 잘 살았을 때 일찍 국교를
맺고 동맹국이 된 나라가 많
다. 유유상종이라고 독재자
들이 많은 아프리카와 북한
은 잘 어울렸을 것이다. 지금
도 아프리카 나라 중에는 북
한과 유대관계가 돈독한 나
라가 많다. 다행히 남아공은
깨어 있는 쪽이라 덜 하다.

남아공 하면 먼저 금과 다이아몬드를 떠오르게 한다. 세계 시장의
80%를 남아공에서 생산하기 때문이다. 그러나 세계 경제 위기는 여기
도 피해 가기 어려웠던지 경기 침체가 오래 지속되다 보니 예전만 못하
다고 한다.

집안이든 나라든 사람이 먹고사는 게 우선이라 배고픔에는 평화도 질
서도 균형이 이루어지지 않는다. 동서고금을 막론하고 통하는 진리다.
남아공의 상황도 비슷하다. 공원에 천막을 친 노숙자들이 벌러덩 누워
있고, 어슬렁거린다. 가족들도 많다. 우리나라 노숙자들은 주로 혼자인
데 여기는 가족 단위가 많다. 노숙자는 미국에도 있고, 프랑스 파리에는
더 많다. 공산국가인 북한은 공식적인 노숙자는 없다. 그들의 이론상 노

숙자가 있으면 안 되는 체제다.

　남아공은 유럽 사람들이 좋아하는 휴양지다. 그러다 보니 범죄율도 높고 빈부의 격차가 심하다. 백인과 흑인과의 갈등도 여전하다. 남아공에 유학 왔다가 정착한 현지 가이드가 핸드폰 도난이 잦다고 주의하란다. 가방 조심, 물건 조심, 여러 가지를 주의하란다. 남한의 12배 땅에 5천만 인구다. 여유로운 사회구조다. 지리적으로도 대서양과 인도양으로 둘러싸인 곳인 데다 자원도 풍부하다. 일찍부터 동양에 진출하려는 열강들의 눈독에 원주민의 고통과 아픔은 우리보다 더했다. 길가에는 판자촌이 많다. 인종분리정책으로 거주 제한을 받고 있던 흑인들이 일자리를 찾아 도시 근교에 생활해야 해서다. 예전에 흑인들은 통행증을 받아야 외부에 나갈 수 있었다. 백인의 고용 증명서가 있어야 구역에서 나갈 수 있다. 그들의 삶이 얼마나 어렵고 힘들었는지 짐작이 간다.

♠ 노예로 끌려온 동양인들

케이프타운은 부산과 같은 위치다. 남쪽이라 기후가 요하네스버그와
는 전혀 다르다. 하루에도 사계절 옷을 갈아입어야 할 정도로 변덕이 심
하다. 사람들의 차림새도 사계절이다. 주변에는 골프장이 많다. 주로 백인
이 이용하는데 가격이 우리 탁구 치는 값과 비슷하다. 대신 우리가 생각
하는 것처럼 고급 운동이 아니다. 일상화된 운동이라 캐디나 골프카도
없다. 백인 남자는 어찌 보면 성실하게 보이지만 그들에겐 밤 문화가 없
어 퇴근하면 어쩔 수 없이 집에 일찍 들어갈 수밖에 없다. 기껏해야 골프,
낚시 정도다. 마약이나 알코올 중독자가 많은 게 즐기면서 시간을 보낼
수 없는 이유도 있을 것 같다. 거기에 비하면 젊은이들은 아니라고 하겠
지만 우리나라 남자들은 아직은 천국에 사는 편이다. 케이프타운은 남
부에서는 가장 오래된 도시다. 그래서 애칭이 마더 도시, 엄마의 도시다.
하지만 구도시의 단점은 길이 협소하고 주차장이 없다는 것이다. 100년
전에 도시를 건설할 때는 말이 다닐 정도의 길을 냈을 것이다.

교민이 1,200명 정도 산다. 그 중에 유학생이나 가족들이 700명 정도
다. 유학을 여기까지 오랴 싶은데 여기도 영어권이라 오는 사람이 많은
모양이다. 이곳은 어린 학생보다는 대학생 이상이어야만 적응할 것 같다.

국민소득이 8천 불이다. 그런데도 부가 한쪽으로 몰려 사회적 문제를
일으킨다. 25%가 실업자라고 하니 이 나라의 고민이 보인다. 백인들만
따지면 4만 불이고 흑인과 평균치가 8천 불이다. 철도나 사회구성 망은
보편적으로 잘 되어 있다. 백인들이 다스리던 시절, 그들을 위한 시설은

잘 가꾸어 놨다. 흑인이 90%인 남아공에서 흑인들은 국민이 아니라 백인을 위한 노예로 살았다. 수백 년 동안을 그런 생활에 젖어 교육도 받지 못하고 국민의 의무와 권리를 박탈 상태로 살아야 했다. 이제야 국민의 일원으로 책임과 의무를 해야 하는 입장이라 어려웠을 것이다.

멀리서 보면 총천연색으로 화려하게 보이는 지역이 있다. 멋진 환상적인 도시 같다. 그러나 보캅 지구는 보이는 것처럼 화려한 지역이 아니다. 서양인들이 남아공에 왔을 때 노동력이 필요했다. 이 지역의 흑인들은 키도 크고 몸도 우람해 힘도 강하다. 이런 흑인들은 인기가 좋아 주로 미국의 목화농장에 노예로 비싸게 팔고 나니 정작 자기들의 일손이 모자랐다. 이들은 동양에 가 말레이시아, 인도, 발리 등에 사는 사람들을 붙잡아와 노예로 부렸다. 끌려온 아시아 노예들이 정착한 지역이 보캅 지

구다. 낡은 집들은 집이라기보다 조립식 컨테이너다. 겉만 화려하게 페인트칠한 것이다. 우선 사진 찍기 좋은 배경이다 보니 사람들이 찾아오고 관광지가 된 장소다. 인천에도 이런 모습이 있다. 차이나타운 옆에 동화마을이다. 자고로 화려하게 보이는 뒷모습은 무언가를 감추고 싶은 의도가 많다. 뒷간을 화장실로, 해우소로 부르는 것처럼 보이고 싶지 않은 것을 감추려는 묵시적인 음모가 있다. 머나먼 이곳까지 붙잡혀 와 평생 고향을 그리워하며 죽어 갔을 노예의 아픔이 전해온다. 내 가슴에 모래가 가득가득 쌓이는 것 같다.

♠ 팁 문제로 갈등하다

　음식이 시원찮던 차에 점심은 삼겹살이다. 상추와 된장찌개, 김치와 나물까지 나왔다. 모두는 걸신들린 사람처럼 먹어댔다. 추가로 상추를 어찌나 시키던지 미안할 정도다. 주방장은 한국에 살다 온 흑인이다. 한국식당이 없는 이곳에서 한식을 하고 있다. 맛도 좋았다. 한국식대로 석쇠에 삼겹살과 거기에다 마늘까지 있다. 서빙은 한국말도 제법 잘하는 흑인 남자가 한다. 기운이 나는 듯하다.

　해외에서는 우리에게 익숙지 않은 팁 문제로 갈등하게 된다. 중국과 우리와 일본을 제외하고는 모든 식당이나 호텔 등 서비스를 받은 곳에는 팁을 주어야 한다. 이에 익숙지 않은 우리는 팁에 인색하다. 때로는 수백만 원을 쓰고 온 여행에 단 1달러 팁을 아끼느라 욕을 먹는다. 어려운 사람에게 팁을 준다고 거덜 날 처지는 아니지 않은가? 서비스업에 종사하는 사람은 생계가 달린 직업이다. 비행기 옆자리에 앉은 일행에게 조용히 얘기했다. "단체로 팁을 걷어서 가이드가 주는 걸로 하면 신경 안 쓰고 편한데." 여행지에서는 물값이나 팁은 이런 식으로 해결한다. 해외에 나오면 어느 것도 공짜가 없다. 물도 사 마셔야 한다. 남아공은 호텔에서도 물을 주지 않는다. 이 문제로 동행인과 의견이 대립하여 갈등을 빚었다. 그녀는 완강히 반대했다. 밥을 먹는데 물은 당연히 주어야 하고 팁은 밥값에 포함되어 여행사에서 주어야 하는 게 아니냐며 따졌다. 들어 보면 당연한 소리인데 여행사와의 계약서에는 팁과 물값은 포함되어 있지 않다고 쓰여 있다. 어디 가나 목소리 큰 사람이 단체의 분열을 조장한다.

고기와 상추를 실컷 시켜 먹고 팁도 주지 않고 나오는 뒤통수가 어찌나 민망하던지. 그렇다고 나 혼자 주는 것도 좀 그랬다. 월급 없이 팁으로 먹고사는 그들이 얼마나 비난했을까 싶어 내가 죄스러웠다. 이 문제로 의견이 반으로 갈라지고 분위기가 좋지 않았다. 현지 가이드가 말했다. 여기는 팁 문화이고 물도 각자가 사 마셔야 한다. 개인이 일일이 주는 것은 번거로우니 공동 경비로 20달러씩을 걷어 일괄적으로 해결하는 게 좋을 것 같다고. 이 의견에도 그녀가 목소리 크게 따졌다. 팁은 개인이 서비스받았을 때 알아서 주는 것이라며 여행사에 항의하겠다고 한다. 가이드는 개인들이 할지 단체로 할지 의논해서 결정하라고 바통을 여행자 쪽으로 넘겼다. 팁을 줘야 한다는 내 의견에 "그럼 형님이 다 주던지" 하는 그녀의 말에 기분이 언짢았다. 나는 더 이상 개입하지 않기로 했다. 중간에 인솔자가 설득했는지 공동 경비를 걷기로 하고 고민을 끝냈지만, 그녀와 나는 서로 어색해졌다. 긴 시간 동안 비행기 옆자리를 같이 했던 처음 만난 동료다. 다른 사람보다는 익숙해졌다고 생각했던 그녀. 여행은, 새로운 장소와 새로운 음식과 새로운 전통을 만나기도 하지만, 새로운 사람을 만나기도 한다. 어떤 사람을 만나느냐에 인생의 길도 달라지지만, 여행도 그렇다.

♠ 세계사의 죄인 서양 열강들

백인들이 만든 백인들의 마을은 뒤집어 보면 흑인들 고난의 역사 흔적이다. 스페인, 포르투갈, 네덜란드, 영국은 해양국이라서 일찍이 바다로 진출했다. 아프리카나 동양의 미개척지를 빼앗아 자기들의 식민지로 만들었다. 식민지에서 자원과 사람, 금, 은 등 빼앗아 갈 수 있는 모든 것을 가져갔다. 오죽하면 영국이나 프랑스의 유명한 박물관에 진열된 보물급 유물들은 거의 세계 각지에서 수탈해 간 것들이다. 우리의 보물도 그곳에 있다. 돌려 달라는 말에 그들은 자기들이 유물을 더 잘 관리할 수 있다는 변명으로 일관하고 있다. 영국 신사라는 말은 그들의 야수성을 감추려는 그들의 말이다. 세계사에 얼마나 비열한 짓을 했는지 그들 스스로가 잘 알기에. 특히나 남아공의 역사는 더 비참했다. 이곳을 먼저 찾은 나라는 네덜란드다. 그들은 동양을 항해하려고 이곳 케이프타운을 중간 거점으로 삼았다. 당시의 항해술로는 오랫동안 배를 타고 몇 달 몇 년을 항해하기는 어려웠다. 식량이나 물자 공급기지로 이곳에서 농사를 지어 식량을 공급하고 사람을 교대하고 물자를 옮겨야 해서다. 지금은 이집트 수에즈 운하가 있어 운하를 이용한다. 그 운하의 소유권으로 또 얼마나 전쟁 위기를 겪었던가. 모두가 유럽 열강의 소행 때문이다.

시내에 지금도 남아 있는 슬레이브 리치는 노예 보관소다. 이곳의 노예는 상인들의 거대한 돈벌이 사업 대상이었다. 그들은 노예를 붙잡아 미국 남부 농부들한테 팔았다. 아프리카 흑인들을 연상할 때 키 작고 못생긴 부시맨 정도로 생각하는데 잘못 알고 있는 거다. 흑인 중에도 줄루족은 키가 크고 잘 생겼다. 오바마 대통령도 줄루족의 후예다. 만델라 대통령도 줄루족 추장의 후예라고 하니 그들을 보면 결코 작은 사람들이 아니다. 마지막까지 백인들과 치열하게 싸운 흑인도 줄루족이다. 그들은 몸집이 커서 기운도 좋고 일을 잘해 인기가 높아 값도 비쌌다고 한다.

동물을 생포하듯 아프리카 원주민을 잡아다 팔았다. 그러고 나니 정작 이곳에서 농사지을 일할 사람이 없었다. 대신 아시아에서 동양인을 붙잡아 왔다. 흑인을 사람으로 여기지 않았다. 침략자 밑에서 생존해야 하는 본토인 원주민들은 얼마나 억울했을까. 남의 땅을 빼앗고 주인도 죽이고 보물도 빼앗아 간 사람이 지금 우리의 법으로 보면 날강도 아닌가.

네덜란드인은 이곳에서 농사를 지어 항해할 수 있도록 물자를 보급했다. 시장에 생산물을 팔고 노예도 사들이고 이 모든 것이 한 공간에서 이루어지다 보니 도시가 형성되었다. 지금도 네덜란드인이 사용하던 집, 농장, 그린마켓이 그대로 남아 있다.

남아공 수도는 세 군데로 나뉘어 있다. 입법, 사법, 행정부가 자리 잡은 지역이 다르다. 케이프타운에는 국회가 있다. 대법원은 블룸폰테인에, 행정부는 프리토리아에 있다. 땅이 넓어서도 그렇겠지만 한곳에 모여 있는 것보다는 각각이 떨어져 있는 게 삼권 분립에 도움이 될 거라는 생각도 들었다. 또한 도시 균형 발전에도 도움이 될 것 같다.

♠ 세계 7대 자연경관 테이블 마운틴

세계 7대 자연경관인 테이블 마운틴은 시내에 있다. 우리의 남산 같은 위치다.

1,069m의 높이다. 보기에는 그리 높지 않아 보인다. 지형이 높아서다. 바닷가 옆이라 바람이 많이 불어 파카를 입고 있는 사람도 많다. 아프리카 하면 덥고 사막이고 동물들이 뛰어다니고 사람 살기 어려운 곳이라

는 선입견이 있다. 그것은 적도 근처에 있는 나라 상황이다. 남아공은 남쪽이라 기후가 우리와 비슷하다. 옷을 가볍게 입었던 참이라 추웠다. 더욱이나 산 위에는 지상과 5도 차이가 난다. 두꺼운 무릎 덮개를 비상으로 가지고 다니는데 이럴 때 유용했다. 빙글빙글 돌아가는 케이블카를 타려고 줄을 섰다. 바다와 시내와 산의 경관을 한눈에 볼 수 있도록 60명 이상이 탈 수 있는 케이블카는 360도 회전한다. 줄 서 있는 입구에 이곳이 7대 경관이라는 안내문이 붙어 있다. 제주도가 표시된 세계 7대 경관 지도를 보는 순간 어깨가 으쓱했다. 주변에 있는 외국인한테 우리가 여기 코리아에서 왔다고 서투른 영어로 자랑했다. 7대 자연경관을 뽑는 투표에 열심히 참여했던 애국적인 사람들의 성과라고 할까. 전화를 독

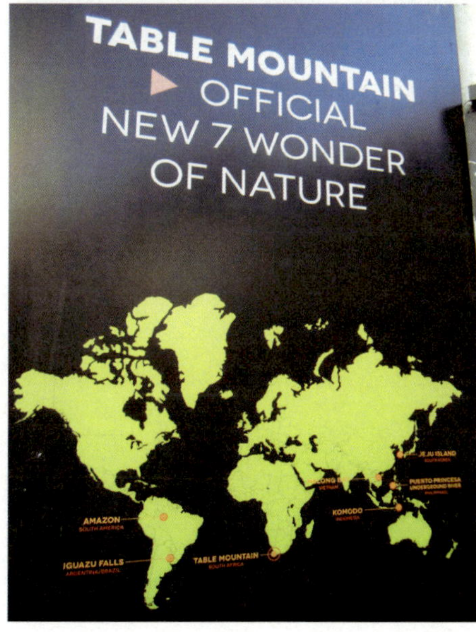

려하고 관의 개입으로 잡음이 많았던 걸 기억하면 깨끗한 뒷맛은 아니다. 그러나 지도에 제주도가 7대 자연경관에 표시된 것을 보니 기분은 좋았다.

산 정상이 식탁처럼 납작해 테이블 마운틴이라는 이름이 붙었다. 바다가 솟아올라 산이 된 경우라 소금기가 많아서인지 나무가 없다. 주름진 곱창 같다. 모양새도 그렇고 색도 회색이다. 절벽이라 등산도 어려울 것 같다. 그러고 보면 지하자원이 부족한 대신 지상은 색색으로 바뀌는 우리나라 산은 계절마다 새 옷을 갈아입는 멋스러움이 있다.

산과 바람과 바다. 시내가 어우러진 테이블마운틴은 그대로 장관이다. 작은 나무들

177

만 돌 틈 사이에 끼어 있다. 여기에서도 식물들은 나름의 번식에 열중이라 노랑꽃, 보라색 꽃을 피웠다. 열정적으로 화려한 것은 선인장 종류로 알로에 비슷한 식물에서 핀 빨간색의 커다란 꽃이다. 가시가 많이 달린 보잘것없는 잎에서 이 같은 화려한 꽃을 피우다니. 잎이 아름답다고 꽃까지 아름다운 건 아니다. 생명은 살아갈 한 가지의 수단과 방법을 가지고 나오나보다. 날개에 붉은빛을 띤 검은 새는 깃털이 기름칠한 것처럼 번들거린다. 사람을 무서워하지 않는다. 사람한테 혼이 나 본 기억이 없기 때문이다.

젊은 흑인 연인이 별러서 이곳에 소풍을 온 것 같다. 남자가 여자 사진을 찍더니 지나가는 나를 붙잡았다. 같이 찍자고 한다. 그래, 이 얼굴 국제적으로 팔린들 누가 알아보기나 하겠나. 기꺼이 얼굴을 빌려주었다. 이번에는 황공하게도 젊은 남자가 나하고 찍겠다고 해 다정스레 웃어 주었다. 동양인을 자주 만날 기회가 없는 그들의 눈에는 노란 얼굴이 유별나

보였으리라. 흑인, 백인, 황인이 다양한 모습과 차림으로 남의 눈 신경 쓰
지 않고 자기 하고 싶은 것을 하는 모습이 국제적이다.

♠ 27년을 감옥에서 지낸 만델라 대통령

　남아공 사람들은 놀이 문화가 없어 가족끼리 대형 쇼핑센터에서 구경 겸 시장을 보는 게 일상화된 것 같다. 우리 젊은이들의 문화도 점점 그렇게 닮아 가는 듯하다. 문화가 발전할수록 남자들의 힘이 약해지고 부드러워진다. 바닷가 앞 쇼핑몰은 컸지만, 필요한 물건은 없어 구경만 했다. 바닷가 옆이라 산책하고 운동하는 사람도 많다. 대부분 백인이다. 흑인들은 이런 마을에 살 여력이 없다. 바로 앞에 보이는 바다 한가운데에

작은 섬이 있다. 감옥이다. 섬 감옥에 가두는 건 당국이 보기에 악질적인 죄수들이다. 백인 정부 때 만델라 대통령도 이 감옥에 18년 동안 투옥되어 있었다. 만델라는 총 27년 동안 감옥생활을 했다니 억울할 만도 하다. 흑인의 인권과 독립을 위해 무저항 운동을 했던 것인데 백인들의 법에는 반역이다. 로벤섬은 가까워 보이지만 탈옥하기 어려운 곳이다. 수영을 잘하는 사람이라면 충분히 도

망칠 수 있는 거리다. 그러나 악어들이 많아서 탈옥할 수 없다고 한다.

혼자 여행할 때는 나와 같이 방을 써야 하는 룸메이트가 궁금하다. 어느 때는 좋은 사람을 만나게 해 달라고 기도할 때도 있다. 며칠 동안 한 방에서 지내야 하는데 서로 의견이 맞지 않거나 성격이 유별나면 여행의 기쁨도 감흥도 잃기 쉽다. 다행히 그동안에는 힘든 사람을 만나지는 않았다. 나도 어지간하면 잘 지내는 편이다. 호텔에 들어가 인솔자가 방을 배정해 주기 전에는 누구인지 모른다. 대략은 혼자 온 사람끼리 맺어진다. 같이 방을 쓰게 된 사람은 나와 동갑이다. 처음부터 눈길이 간 여자다. 나는 가는 곳마다 메모하고 핸드폰과 카메라로 사진을 찍는다. 책도 내야하고 유튜브에 올려야 하고 신문에 여행기를 기고해서다. 그녀도 그런 모습이라 관심이 갔다. 방에 들어와 서로의 호적 조회를 해 본 결과, 내가 생일이 한 달 빨랐다. 얘기를 해보니 수필집을 두 권이나 낸 수필가다. 교직으로 정년퇴직을 한 사람이라 반가웠다. 지금도 인터넷 실

버 뉴스 기자로 활동하기에 메모와 사진을 찍는다고 한다. 뜻과 지향과 삶의 방향이 비슷해 오랜 동료를 만난 것처럼 반가웠다. 서로 이번 여행의 가장 큰 수확이라며 금세 친해졌다.

호텔과 식사는 기대 이상이다. 고생하러 아프리카에 가느냐고 말리는 사람도 있었다. 고생 좀 해야지 했다. 그러나 백인들이 경제를 운영하던 곳이라 모두 서양식으로 잘 되어 있다. 호텔 조식은 오히려 유럽보다 잘 나왔다.

아침에 일행이 관광버스 타고 이동하던 중 차가 급정거했다. 중국인 차가 갑자기 끼어들어 서서 일정을 설명하던 가이드가 나뒹굴었다. 다행히 살집이 많은 가이드는 뼈에 이상은 없지만 몸에 멍이 들었다. 여기는 보험이 미국식이라 병원에 가면 돈이 엄청 많이 들어 어지간하면 병원에 안 가고 그냥 참는다고 한다. 차만 타면 안전벨트를 강요하는 바람에 일행은 괜찮았다.

♠ 폭풍의 곶이 희망봉으로 개명되었다

유람선을 타고 물개들이 사는 도이커 섬에 갔다. 선상에서 멀지 않은 곳이다. 사람들이 몰리는 곳이라 기념품 파는 노점상이 많다. 큰 물개 한 마리가 아침 일찍 출근해 주인과 먹이 게임을 하면서 사람들의 시선을 잡는다. 구경하는 사람들은 그 앞에 놓인 바구니에 돈을 넣어 준다. 주변에는 아프리카 냄새가 물씬 나는 토속적인 그림이 부둣가 땅바닥에 전시되어 있다. 동물이며 아프리카 여인들과 풍경을 천에다 그렸다. 색감

이 원색적이다. 다시마 줄거리가 넘실대는 주변 바위에 물개들이 까맣게 누워있다. 헤엄치다 숨 쉬려고 올라와 있다. 물살이 세다. 배는 물개 주변을 돌아 되돌아온다. 물개가 너무 많아서 바위와 구별이 안 된다. 예전에

는 물개를 잡아 기름을 짰다. 그러나 지금은 포획을 금지하고 있는 보호 대상이다. 선착장에 내리니 광대 옷을 입은 난쟁이 여러 명이 춤추고 노래하며 관광객을 웃기고 있다. 사람들은 구경하면서 바구니에 몇 푼을 넣는다. 점심은 랍스터다. 우리는 비싸서 먹기 어렵지만 여기는 그리 비싸지 않은 수산물이다. 회를 먹지 않은 이들의 식문화는 생선도 찌고 튀기는 게 전부다. 찌개도 없으니 더욱 그렇다.

희망봉으로 가는 해변은 동해안 7번 국도와 비슷하다. 해변을 끼고 드라이브하기 좋은 곳. 자전거 타고 구경하기 좋은 곳이다. 90km나 되는 해안 도로를 타고 가면 희망봉으로 연결된다. 경관도 좋다. 유럽에 나가는 광고를 여기에서 많이 촬영한다. 세계에서 규모가 제일 큰 사이클 대회가 여기서 열린다. 사암이라서 나무들은 별로 없는데 호주 코알라가 먹는다는 유칼립투스 나무가 자란다. 예전엔 호주와 같은 대륙이었다가 서로 떨어진 증거란다. 위도 상으로 호주와 비슷해 자연환경도 비슷한 셈

이다. 이처럼 좋은 경관에는 호텔이나 집값도 비싸다. 흑인들은 이 지역에 들어오지도 못하게 했다니 알만하다. 근처의 큰 상점은 유대인 한 사람의 소유라고 한다. 세계 곳곳 돈 되는 곳에는 유대인이 있다. 이곳에서 가장 돈을 많이 버는 직업은 부동산업이다. 수수료가 무려 판매 금액의 7%다. 파는 쪽에서 다 부담한다. 거기에 각종 세금도 포함되어 있다고는 하지만 워낙 비싼 금액이라 수입도 많다고 한다.

세계사 공부를 할 때 희망봉에 대한 멋진 환상을 가졌다. 희망봉이라는 이름은 일본어를 번역하는 과정에서 오역된 것이다. 희망의 곳이라고 하는 게 맞다. 해발 248m 아프리카 최남단에 있는 땅 끝. 대서양과 인도양이 만나 두 대양의 바닷물이 충돌하여 물살이 급해 폭풍의 곳이다. 선원들이 두려워했던 곳이다. 희망의 곳은 유럽에서 동양으로 가고 동양에서는 유럽으로 향하는 분기점이다. 포르투갈인이 1488년 처음 이곳을 발견한 이후 물살이 거칠어 항해를 두려워하는 선원들이 많았다고

한다. 이에 국왕 주앙 2세가 공포를 없애기 위해 폭풍의 곶을 희망의 곶으로 개명했다. 내용은 똑같은데 이름이 바뀌었다고 두려움이 희망으로 바뀌다니. 인간의 마음은 간사하다.

트램을 타고 희망의 곶 옆에 있는 전망대에 올랐다. 자연보호 지구로 지정되어 보존이 잘 되어 있다. 1857년에 만들었다는 등대는 지금도 손색이 없다. 등대에서 곶이라는 땅 끝을 내려다보았다. 돼지 발굽처럼 양쪽으로 갈라졌다. 옆에는 마당 모양의 하얀 모래사장이다. 바르톨로뮤 디아스라는 사람이 처음 그 해변을 밟았다고 한다. 그러나 생각해 보면 서양인의 입장에서 처음 밟은 것이지 이 땅 원주민은 수없이 밟고 다녔을 것이다. 이곳의 주인인 원주민을 사람으로 여기지 않았기에 그들은 자기네가 처음 발견했다는 것에 의미를 두는 것이다. 참, 염치없는 백인들이다.

처음 보는 꽃들이 많다. 개코원숭이라는 별명을 가진 비비는 사납기로 유명하다. 덩치도 크다. 원숭이 엉덩이는 빨갛다는 말 그대로 엉덩이가 붉다. 사람들의 가방을 빼앗아 먹을 것이 있으면 여유 있게 다 까먹는다. 그것을 보고도 가방 주인은 옆에서 기다려주어야 한다. 빼앗으려고 원숭이와 실랑이를 할라치면 가방을 들고 도망가기 때문이다. 하기야 이곳은 국립공원이라 원숭이가 주인이고 사람은 객이다. 희망봉에 희망을 찾으러 여행객들이 많이 왔다. 그들은 희망을 찾았을까? 이름에 속았다고 허탈해할까?

♠ 먹지 않아 지천인 다시마와 전복

    땅값과 집값이 세계적이라는 휴양지 해변 캠스 베이는 12개의 봉우리가 펼쳐져 있는 한적한 해변이다. 물도 깨끗하고 경관도 좋은데 사람은 없다. 이름 붙이기 좋아하는 사람들이 12개의 산을 십이사도 봉이라고 불렀을 것이다. 하기야 산봉우리가 나란히 12개가 있는 게 흔한 일은 아니다. 산맥의 길이가 90km나 된다니 역시 넓은 나라다. 이곳의 부동산은 돈 있는 중동 부호들이 마구잡이로 사고, 마돈나도 여기에 별장이 있다고 하니 값이 자꾸만 오른다고 한다. 없는 사람은 천막을 치고 사는 데 있는 사람은 호화주택을 사 놓고 쓰지도 않고 비워 둔다. 가격이 오르기

를 기다린다니 은근히 화가 난다. 방 하나인 작은 원룸이 7억이나 간다는 게 실감이 안 가지만 서울도 그렇지 않은가.

해변에서는 물새가 떼 지어 파도를 따라 움직이는 모습을 볼 수 있다. 가는 곳마다 그렇다. 자세히 보니 다시마다. 여기 사람들은 다시마를 먹지 않아 그대로 둔다. 먹을 줄 아는 사람이라도 먹게 하면 좋으련만 자연보호 차원에서 허가된 곳 이외는 바닷가에 들어가지 못하게 한다. 허락받지 않고 바다에 들어가면 벌금을 많이 문다. 다시마를 먹고 사는 전복도 먹지 않아 그대로 놔둔다. 몇 년씩 크고 있는 전복은 내 얼굴만 하다. 전복이 그처럼 클 수 있다는 사실을 처음 알았다. 전복이라면 정신을 못 차리는 중국 사람들이 이것을 그냥 놔둘 리 없다. 밀반출하려다 붙잡혀 호되게 벌금을 물었다고 한다. 이게 돈이 된다는 것을 알면 우리나라까지 수출할지도 모르겠다. 양식만 보아온 다시마와 전복의 선입견을 버린 건 그 실체를 보고 나서다. 다시마의 뿌리는 마치 타이어 튜브처럼 속이 비어 있다. 5m 이상의 뿌리는 타이어 고무처럼 딱딱하고 무겁다. 땅

에 뿌리를 박고 비어 있는 공기통이 물 위에 뜨면 그 끝에 다시마가 붙어 있다. 바닷가가 온통 다시마로 가득하다.

국가에서 인정하는 공용어는 영어다. 그러나 공식적으로 쓰이는 말은 부족에 따라 지역에 따라 11개가 있다. 학생들은 학교에 들어가면 3가지의 말과 글을 배워야 한다. 글이 없는 부족이 많지만, 토속어는 제각기 달라 몇 개의 말은 정식으로 배운다고 한다.

케이프타운 밤 야경은 화려하다. 더욱이나 동그란 월드컵 경기장의 모습은 멋지다. 이곳 월드컵에 우리나라는 참여하지 못했다. 북한이 포르투갈과 0 : 7로 완패한 곳이다. 완패한 북한 선수들이 탄광에 끌려갔다는 후일담도 들렸다. 자존심 많이 상하는 골 차이다. 미운 형제지만 이겼더라면 더 좋았을걸. 낮보다 밤 풍경이 아름다운 건 지저분한 것들이 보이지 않아서다. 그래서 예전에는 선을 볼 때 희미한 불빛이 있는 다방에서 보았나 보다.

♠ 아프리카에도 펭귄이 산다

　펭귄은 추운 남극지방에서만 사는 줄 안다. 눈이 많이 쌓인 추운 곳에서 새끼를 품에 안고 아장거리는 펭귄의 모습에서 모성애를 느낀다. 그러나 아프리카 해변에도 자카스펭귄이 산다. 키가 작다. 35cm 정도라서 귀엽지만, 모습은 똑같다. 모래사장 주변 마을은 펭귄을 보호하기 위해 서식지에 함부로 들어가지 못하게 금지구역을 정했다. 관광객용 발판 길을 만들어 놓았다. 모래사장과 주변 숲에서 자연 상태로 살아간다. 정부에서 펭귄을 보호하기 위해 노력을 많이 하지만 자꾸만 개체 수가 줄어든다. 지금은 3천 마리 정도가 남아 있다. 환경오염과 기후 변화로 펭귄의 삶도 예전 같지 않다. 동물이 살기 어려우면 인간도 살기 어려워진다. 펭귄을 자세히 보면 재미있다. 새끼를 품고 있는 어미도 있고, 알을 품고 있는 펭귄도 있다. 그런가 하면 한참 열애 중인데 그 주변을 빙빙 돌며 구경하는 놈도 있다. 질투하는지 옆에서 치근덕거리는 심술궂은 방해꾼도 있다. 혼자 외롭게 산책하는 놈도 있고 무리와 떨어져 숲속

에서 단둘이 데이트를 즐
기는 놈도 있다. 보기에는
귀엽고 사랑스러운데 요놈
들이 화가 나 소리를 칠 때
면 멧돼지 소리를 낸다. 처
음으로 그 소리를 듣고 깜
짝 놀랐다. 사람도 그렇지
만 예쁘고 사랑스럽고 목
소리도 좋은 완벽한 동물
은 없는가 보다. 펭귄의 몸
은 특이한 구조로 되어 있
다. 잠수하기 좋게 뼈가 비
어 있지 않고 몸의 털도 매
끈하다. 알도 많이 낳지 않
는다. 한두 개 정도를 사이

좋게 암수가 번갈아 가며 품는다. 부부 사이도 좋아서 새끼를 키우는데
부부가 공동으로 책임을 진다. 여자들이 원하는 현대 부부상이다.

♠ 흑인 첫 대통령 위대한 넬슨 만델라

남아공을 무지개 국가라고 한다. 무지개처럼 환상적이거나 아름다운
이미지에서 하는 말이 아니다. 다양한 여러 인종과 종교가 어우러져 구

성되어 있다는 의미다. 흑인이 80%, 백인이 10%, 유색인이 10%다. 여러 인종과 여러 부족이 모여 있는 집단이다. 그러니 갈등과 잡음이 많은 건 당연하다. 아프리카 불행 중의 하나는 한 나라가 여러 부족으로 이루어졌고, 그러한 상황을 만든 근본적인 원인은 서양 열강들이라는 것이다. 10%의 백인이 90%의 유색인 대다수를 강압하며 다스리고 자기들의 노예로 부렸으니 어디 양심적이라고 할 수 있는가? 겉으로는 신사적이고 신앙적인 척 기독교를 팔면서 악마 노릇을 했다. 이런 서양 열강들의 행태가 지금의 중동 사태와 세계 불안을 자초한 것이다.

만델라 흑인 대통령이 나올 수 있었던 것은 국제적인 협력도 있었다. 유엔에서 인종차별에 대한 제재로 석유 수출을 못 하게 하는 등 경제에 압력을 가하기도 했다. 언론의 비판도 많았고 남아공의 지식인들이 무지

193

막지한 박해에도 꾸준히 투쟁한 결과이기도 하다. 1994년 민주화 참정권을 획득하기까지 만델라는 종신형을 받고 27년을 감옥에서 지냈다. 그래도 백인 정권하에서 노벨상을 9명이나 수상했다. 문학상 2명, 의학상 2명, 그중에 평화상이 4명이나 있다. 난세에 영웅이 난다고 평화를 위해 헌신한 사람이 많았다는 것이다. 좀 특이한 것은 최초의 흑인 대통령 만델라와 마지막 백인 대통령 클라크 씨가 노벨 평화상을 공동 수상했다는 사실이다. 클라크 씨는 통 크게 흑인 투표권을 인정하고 모든 사람에게 참정권을 허락했으니, 평화상을 받을 만하다. 당연한 귀결이지만 그가 백인 대통령으로서는 처음으로 결정을 내렸기 때문이다.

남아공이 아프리카에서는 문화 수준이 가장 높고 잘 사는 이유 중의 하나는 백인들이 토대를 잡았기 때문이다. 만델라 흑인 대통령이 당선되었을 때 모든 사람은 피비린내 나는 보복이 있을 거라고 했다. 그러나 만델라는 용서와 화해를 주장했다. 그의 정책도 백인들의 지위와 경제권을 인정했다. 호주 등으로 나간 백인들도 있지만 그대로 남아있는 사람들이 많았기에 경제기반이 흔들리지 않았다. 보복하려는 흑인들의 감정을 다독이며 국민을 하나로 화합시킨 만델라는 역시 위대한 정치인으로 존경받을 만하다. 인권변호사인 그는 감옥에서도 인권운동을 했다. 백인 정부의 극악한 탄압에도 굴하지 않고 죄수들의 인권과 흑인들의 권익을 위해 감옥에서 할 수 있는 모든 일을 했다. 이런 일들이 알려져 감옥에서 많은 상을 받기도 했다. 이런 무저항이 백인 정부에 부담이 되었으리라.

만델라는 생전에 3번의 결혼을 했다. 처음 부인과는 2년 살다 이혼하고 두 번째 부인하고는 감옥생활 하는 30여 년 동안을 부부로 살았다. 위니 마디키젤라는 만델라를 옥바라지하면서도 인권운동과 반인종차별 투쟁을 했다. 만델라의 동지이기도 했다. 좋은 일도 많이 했지만, 성격적인 문제도 있었나 보다. 부인의 외도와 불편한 행동들을 모두 용서하고 장관을 시켰다. 그러나 고집이 세고 막무가내라 대통령의 말도 듣지 않아 해임하고 이혼했다. 아내는 2018년에 81세 나이로 사망했다. 만델라 나이 80세에 만난 세 번째 부인 그라사 마셸은 모잠비크 대통령이었던 사모라 마

셀의 아내다. 비행기 사고로 남편이 죽었다. 감옥에 있던 만델라는 미망인의 슬픔을 위로해 주기 위해 감옥에서 편지를 썼다. 마셀은 만델라에게 이상적인 여자였다. 만델라는 마셀과 결혼해 15년을 살았다. 은퇴 후에도 그녀와 정치 사회활동을 같이했다. 만델라는 일찍 자식을 잃어 슬하에 자식이 없었다. 죽을 때 본인의 모든 유산은 세 번째 부인에게 남겼다. 두 명의 대통령 부인이 된 그라사 마셀은 얼굴도 미인이라니 무슨 복을 타고났을까.

♠ 한국전쟁에 공군을 보내온 고마운 나라

백인들이 있는 여행지에서는 꼭 와인 농장에 들른다. 와인 농장에서 관광객들에게 와인을 시음시키면 와인이 필요한 사람은 사 가기도 한다. 가격이 비싸지는 않다. 우리나라에서도 남아공 와인을 수입하는데 비싸게 팔려 대중적이지 않다고 한다. 요즈음은 여기도 중국 자본이 침투해 와인에 눈독 들인다고 한다. 중국 사람들은 돈이 되는 곳에는 어디든 손을 뻗는다. 여기 장사꾼들도 중국 시장이 크기에 관심을 많이 가지고 있다. 돈이 많은 중국인은 아예 농장까지 통째로 사 버린다. 그래서 남아공 정부에서 규제도 많이 한다고 하니 중국 때문에 우리나라만 골치 아픈 게 아닌가 보다.

케이프타운에서 요하네스버그행 비행기를 타기 위해 고속도로를 달린다. 요금소가 잘 보이지 않는다. 땅이 크다 보니 멀리 나가는 일이 없이 그 지역에서 주로 생활한다. 고속도로에 나갈 일이 별로 없기 때문에 주에서 주로 옮길 때만 통행료를 낸다. 남아공의 전기 발전은 아프리카 전체의 50%를 차지한다. 열악한 아프리카 나라들의 처지를 알 만하다. 이곳도 핵발전소를 줄여 가는 추세다. 건축물은 대부분 단층이다. 호텔도 높은 빌딩이 아니라 대부분 단층이다. 주변 바닷가는 인도양과 대서양이 만나는 곳이라 서핑하는 사람이 많다. 백상아리가 자주 출몰하여 경계 보초를 선다. 마치 우리나라 동해안의 경계 근무를 하는 군인 모습을 연상케 한다. 상어 중에 백상아리는 조스 영화에 나오는 무서운 놈이다. 백상아리를 보기 위한 관광 상품도 있고 고래축제도 있다.

요하네스버그는 남아공에서 제일 큰 도시다. 국제 허브공항이 있고 천만 명이 산다. 아프리카에서도 제일 큰 도시다. 금과 다이아몬드가 생산되어 부자도 많다. 거래상들도 많다 보니 현대화된 도시다. 금이나 다이

아몬드를 상징하는 조형물도 많고 귀금속상도 자주 보인다. 호텔, 극장, 레스토랑, 아프리카적이지 않은 대도시의 느낌이다. 흑인들이 많이 보여 여기가 유럽이 아니구나 하는 생각이 들게 하는 도시다.

행정수도인 프리토리아에 갔다. 남아공은 1·2차 세계 전쟁에 참여했다. 6·25 때도 우리나라에 공군을 보낸 우방이다. 아프리카에서는 유일하게 에티오피아와 남아공이 참전했다. 피 흘린 군

인들의 위령비에 고개 숙여 묵념했다. 코리아라고 쓰인 영문자 자리에 O
자가 빠진 채 허름한 상태로 있어 안타까웠다. 이런 모습을 대사관에서
알기나 하나? 관리는 하고 있나? 위령비를 이 모양으로 방치하고 있다는
게 이 나라 국민에게 미안했다. 참전했던 남아공 공군의 피해가 컸다고
한다. 그때 참전했던 군인 중에 지금 살아 있는 사람은 2명이다. 행사 때
는 초청을 한다고 하니 먹고살 만한 지금은 우리가 은혜를 갚아야 하지
않을까? 아프리카에서는 제일 강한 군대를 가지고 있다. 백인 정부 당시
는 백인은 의무적으로 군에 가야 했지만 흑인은 제외했다. 훈련받은 흑
인들이 백인한테 총을 겨눌까 두려웠을 것이다. 지금은 모병제로 바뀌어
져 흑인 군인들이 더 많다고 한다. 권리에는 의무도 따른다.

♠ 백인에겐 영광, 흑인은 치욕인 전쟁기념관

대통령의 집무실이 있는 유니온 광장은 만델라 대통령이 취임식을 한
광장이다. 앞에는 계단식 정원이 있다. 종이를 접어 오려 펼쳐 놓은 것처
럼 양쪽이 똑같은 건물이다. 행정수도인데 너무 한적하고 조용하다. 사
람이라고는 웨딩사진을 찍는 연인이나 관광객을 상대로 하는 잡상인뿐
이다. 대통령도 반절은 여기서, 나머지 반은 케이프타운에서 일을 본다
고 한다. 이럴 때는 작은 나라가 더 효율적일 것 같다. 다른 지역에 비해
범죄율이 낮아 은퇴하고 조용히 살아가는 사람들이 이곳에 많다.

전쟁기념관은 흑인들에겐 치욕적인 기념관이다. 우리 같았으면 당장
부숴 버렸을 것이다. 이 나라 국민들도 없애자는 여론이 들끓었다. 그러

나 아픈 역사도 역사다. 이 기념관을 화해와 용서의 기념관으로 만들자고 만델라 대통령이 국민을 설득해 온 전히 남아 있다. 제국 시대에 스페인은 인도를 찾기 위해 서쪽으로 가 미국을 발견했다. 포르투갈은 동쪽으로 가서 희망의 곶을 발견했다. 희망의 곶을 거쳐 항해사 바스 마는 나침판

과 별자리로 인도, 일본, 알래스카까지 갔다. 그러나 포르투갈은 남아공 땅에 관심이 없었다. 그러던 중 네덜란드인이 들어와 인도로 가는 기지로 사용하면서 식량 보급지로 농사를 지었다. 다음엔 영국 사람들이 들어와 군사기지로 활용하면서 노예 문제로 네덜란드와 충돌하게 된다. 그 전쟁에서 영국이 승리한다. 패배한 네덜란드 사람들은 북으로 이동한다. 이주했던 그곳에서 다이아몬드 광산이 발견되자 영국은 그곳까지 욕심이 났다. 또다시 영국과 네덜란드는 남의 땅에서 주인 노릇 하기 위해 전쟁을 한다. 이 전쟁에서 영국이 승리하여 남아공을 지배하게 된다. 주인인 원주민보다 들어온 침략자들이 주도권 싸움을 벌인 것이다. 주인은 가만히 있는데 도둑과 도둑이 서로 차지하려고 싸운 격이다. 이 전쟁기념관은 처음 네덜란드인이 들어와 원주민과 싸워 이겼던 기록을 고스란히 담은 네덜란드인들이 세운 네덜란드의 승전기념관이다. 이 땅의 주인인 흑인 입장에서 보면 얼마나 자존심 상하는 기념관이겠는가.

♠ 빅토리아폭포로 먹고사는 두 나라

　잠비아와 짐바브웨의 국경은 철조망과 지뢰가 묻혀 있는 휴전선만 생각해 온 우리에게는 낯설다. 차를 제지하는 주차장의 가로막대로 이쪽 나라와 저쪽 나라가 구별된다. 비자를 신청하는 국경 사무실은 몇 대의 허름한 컨테이너이다. 그 앞에 차들이 모여 있는 정도다. 문제는 비자를 접수하는 쪽이다. 컴퓨터에 익숙한 우리는 50년 전의 모습이 생소하다. 줄을 서 내내 기다리는데 철창 안의 흑인 직원은 일일이 손으로 적는다.

종이 뒤에 복사지를 넣어 가며 급할 것도 없이 모든 서류를 글로 적는다. 속 터지는 건 더워 헉헉거리는 여행객들뿐이다. 공항이나 사무실이나 근 엄한 대통령의 사진이 붙어있다.

잠비아는 조금은 익숙한 이름 이다. 아프리카에 대학을 세우고 농업교육을 가르치고 후원하는 황창연 신부님 강의에 자주 나오 는 나라다. 그래서인지 친근감이 간다. 비자비가 45불이다. 빅토리 아폭포에 들어가는 입구에는 폭 포를 발견한 리빙스턴 탐험가 동 상이 세워져 있다. 등산 복장이 다. 세계 3대 폭포 중의 하나인 빅토리아는 리빙스턴이 발견해 영국 여왕의 이름을 따 빅토리아로 알려 졌다. 원주민들은 자기들의 사정에 따라 여러 이름으로 불렀다. 잠비아 쪽과 짐바브웨 쪽 폭포 입구에는 리빙스턴 동상이 각각 서 있다. 비슷하 지만 약간 다른 복장이다. 폭포는 우기 때는 너무 많이 쏟아져 앞을 보 기가 어렵다. 다행히 건기도 아니어서 물은 흐른다. 깊은 협곡이라 나이 아가라폭포처럼 가까이에서는 접근하기 어렵다. 멀리서 보아야 한다. 세 계에서 제일 긴 폭포다. 협곡이 낭떠러지라 좋은 장소에서만 구경하게 장소가 정해져 있다. 떨어지는 물살에 무지개가 여러 개 핀다. 그러나 잠 비아에서 보는 것보다는 짐바브웨에서 보는 게 제대로 본다. 나이아가라

도 미국에서 흘러 캐나다에서 떨어지는 장관을 보듯 이곳도 떨어지는
쪽은 짐바브웨이다. 다음날 그쪽으로 가야 하기에 또 비자 비용 40불을
더 내야 한다. 이들은 폭포를 보여주고 먹고사는 나라다.

♠ 동물들의 천국 쵸베 국립공원

오후에는 잠베지강에서 선상 크루즈를 즐겼다. 처음으로 여유 있는 시간이다. 잠베지강은 길이가 2,740km나 되는 아프리카 남부에 있는 최대의 강이다. 사막에서도 생물들이 살아가는 건 이런 강이 있어서다. 잠베지는 위대한 강이라는 뜻이다. 여섯 나라를 거쳐 흐른다. 빅토리아폭포의 물이 이곳으로 모여 흐른다. 배를 타고 강에 있는 새와 악어와 물에 사는 동물을 보는 곳이다. 배 안에서는 음료수나 간단한 간식은 무한 리필이다. 그러나 많이 마시고 먹는 사람은 없

다. 가장 인상적인 것은 강 위에 지는 노을이다. 보츠와나로 이동했다. 보츠와나는 아프리카 중에 잘 사는 나라다. 남아공 바로 위에 붙어 있다. 동물들을 보호하기 위해 국경을 넘을 때는 소독약을 밟고 들어가야 한다. 관광 수입이 많은 나라답게 식당이나 호텔 시설이 좋아 여기서 먹고 잤다. 화장실 세면기에 예쁜 새들이 그려져 있는 게 예술 작품이다. 아프리카에서 두 번째로 넓은 쵸베 국립공원이 보츠와나에 있어 항상 관광객이 들어온다.

배를 타고 하는 보트 사파리는 쵸베강에 사는 동물들을 보여주었다. 배가 오든 가든 덩치 큰 하마는 움직이지 않고 강가에 누

205

워 있다. 흰 새들이 등에 붙어 있는 기생충을 쪼아 먹는다. 하마가 언뜻 보면 바위 같다. 버펄로나 코뿔소같이 몸집이 큰 동물들은 행동이 느리다. 떼를 지어 천천히 움직인다. 악어는 죽은 듯이 엎드려 있다가 갑자기 몸을 날려 물속으로 들어가 사람을 놀라게 한다. 아프리카 독수리는 무섭고 위엄 있어 보인다. 처음 보는 목이 긴 새는 도망가지도 않고 오히려 우리를 구경한다. 워터벅이라 불리는 동물은 등위가 말갈기처럼 생겼다. 엉덩이가 원형으로 흰 털이 모양을 이루어 인상적이다. 자랑이라도 하듯 뒷모습의 멋진 포즈를 취해 준다. 뭐니 뭐니 해도 장관은 코끼리 떼다. 코끼리는 위계질서가 정연할 뿐 아니라 가족애가 대단하여 무리를 이루고 산다. 움직일 때도 단체로 움직인다. 자기 소속팀이 움직일 때 같이 행동한다. 두 무리가 한데 섞여 어우르지 않는다. 물이 많은 강을 건너야 하는가 보다. 처음에 제일 큰 코끼리가 조심조심 앞장을 서서 강에 들어간다. 뒤에서 쳐다보던 코끼리들이 차례로

들어선다. 어린 새끼는 마지막 차례다. 앞에 가던 어미 코끼리가 새끼가 건너기 어렵다고 판단했는지 코를 위로 올려 신호한다. 뒤에 따르던 새끼 코끼리가 포기하고 뭍으로 올라온다. 어미 코끼리도 강 건너기를 포기하고 올라온다. 강을 건너간 것은 수컷 코끼리다. 동물의 세계에도 어미와 아비의 차이다.

사파리 투어는 아프리카를 실감 나게 한다. 바퀴가 큰 트럭으로 초원을 달린다. 옆에는 동물들이 사람을 구경한다. 처음 보는 동물도 있다. 혹멧돼지라고 하는데 만화영화 라이언 킹에서 품바의 모델이라고 한다. 무리를 지어 땅을 헤집어 먹이를 찾는다. 겸손하게 무릎을 꿇고 밥을 먹는다. 기린의 목이 그렇게 긴 줄 몰랐다. 목을 쳐들어 트럭에 탄 우리를 내려다본다. 암수 사자가 느긋하게 나무 그늘에 쉬고 있는데 멧돼지가 건방지게 사자 앞을 지나갔다. 자는 줄 알았던 사자가 잽싸게 달려간다. 그

민첩함에 사람들이 소리 지른다. 멧돼지가 어떻게 되었는지 궁금하다. 하마와 새들은 친구처럼 한곳에서 지낸다. 얼룩말과 사슴 중간쯤으로 보이는 동물, 뿔이 우아하게 생긴 동물, 과연 세계적인 자연 동물 공원이다. 드넓은 초원은 그대로 동물들의 천국이다. 산은 오래된 나무들이 비가 오지 않아 말라 죽어 가는 모습에 내가 갈증이 난다. 자연적인 공원이 오래 보존 됐으면 좋겠다.

♠ 돈을 쓰지 않아 미안한 여행

　가는 곳마다 흑인 대통령의 초상화가 걸려 있다. 짐바브웨 대통령과 잠비아 대통령의 얼굴이 비슷해 구별하기 어렵다. 둘이 다 얼굴이 검고 근엄해서다. (독재자들의 특징은 항상 근엄하다) 생각해 보니 남아공에서는 사진을 보지 않아 누가 현직 대통령인지 몰랐다. 수준이 낮은 국민일수록 권력자들이 우상화되어 있다. 우리의 지난날도 그랬다. 지금의 북한도 그러하다. 후진국일수록 군인이 정치를 한다거나 한 사람이 독재한다. 이곳 짐바브웨도 100살이 되어 가는 대통령이 더 이상 장기 집권이 안 되어 아내한테 권력을 넘기려다 쫓겨나 세계의 웃음거리가 되기도 했다.

　세계적으로 유명하다는 목각 시장은 노천에서 천막 치고 직접 만들어 팔고 있다. 그들의 솜씨는 조각가 이상이다. 그 자리에서 직접 깎고 만들고 색칠한다. 그들이 만들 수 있는 유일한 것이다. 문양은 다양하다. 주로 동물 모양이 많다. 코끼리, 말, 기린 등. 우리와 친숙하면서도 사랑스러운 것들이다. 곰이나 개 종류는 별로 없다. 토속 악기나 주방에서 사용하는 접시, 주걱, 그릇이 대부분이다. 나무로 만들어 아프리카다운 무늬와 색칠을 한 문양의 소품들이다. 화려한 아프리카 색감의 스카프도 많다. 인솔자가 큰 북을 샀는데, 좋아 보였다. 딸이 생각나 나도 작은 걸로 하나 샀다. 물건을 살 때는 많이 깎아 흥정하라는데 많이 깎지 않았다. 그들을 도와주는 셈으로 몇 달러 더 주는 게 내 맘이 편할 것 같아서다.

일행 중에 유일하게 부부로 같이 온 남자는 휠라 모자를 쓰고 있다. 목각을 파는 젊은이가 남자를 따라다니며 모자를 달라고 조른다. 휠라 모자를 꼭 가지고 싶다고 애원하는 표정을 지으며 따라다닌다. 마음씨 좋은 남자분이 모자를 벗어주자, 그는 횡재한 표정으로 싱글벙글하며 기린 목각 두 개를 주었다. 그게 부럽고 질투가 났던지 다른 흑인이 와서 10달러에 똑같은 목각을 4개 주겠다고 한다. 세상에는 계산에 없는 일이 벌어지는 통에 횡재도 하고 그것을 부러워하는 일이 벌어지기도 한다. 모자를 얻은 흑인은 두고두고 모자를 준 사람을 기릴 것이고 남들한테 자랑할 것이다. 그들의 수입으로는 명품 모자를 사기는 어려울 것이다. 그들은 인플레가 심해 쓸모없는 나랏돈을 신문지나 휴지처럼 쌓아

놓고 방석처럼 깔고 앉아 있다. 돈으로 여기지도 않는다. 수억을 가지고 가도 살 물건이 없는 나라다. 이번 여행에서는 돈을 쓸데가 없었다. 특별히 욕심나는 물건도 없다. 조금은 미안했다. 어려운 나라에서는 보태주는 셈 치고 조금 쓰고 가도 괜찮을 것 같은데.

돌아오는 길에는 다시 4번의 비행기를 탔다. 기내에서 선물용 와인을 샀다가 비행기를 갈아타면서 혼쭐이 난 일행도 있다. 포장이 잘 안되어서다. 여러 번 비행기를 갈아타야 할 경우에는 기내에서 물건을 사는 게 현명하지 않다. 내리는 마지막 비행기에서 사야 한다. 물건 값보다 수속하고 포장하고 부치는 값이 더 들어가고 시간도 오래 걸린다. 여행을 마치니 미루었던 숙제를 끝낸 기분이다.

8

♣ 서안에서 양귀비를 만나다

15년 전부터 티베트에 가고 싶었다. 기다리는 사람은 없는데 티베트에서 나를 부르는 느낌이 들어서다. 그러나 티베트 사정과 내 사정이 일치하지 않았다. 그러다 발이 내게 경고하면서 서둘러야 했다. 평균 해발고도 4,000m~5,000m다. 더 늦으면 내 체력이 감당하지 못할 것 같은 불안에서다. 처음에 신청한 여행사는 모객이 안 되어 취소당했다. 히말라야 캠프를 간다고 해 기대했는데 일정도 길고 비용도 만만치 않다. 그러나 오히려 잘 되었다. 중국 서안을 통해 가는 여행 상품을 샀다. 진시황릉에 가고 싶어서다. 일찍 출발한 비행기는 시안 국제공항에 도착했다. 티베트를 비행기로 가려면 서안 공항에서 티베트 가는 비행기를 갈아타야 한다. 우리 일정은 서안에서 하루 묵고 서안을 구경하고 다음 날 출발하는 일정이다. 우리와의 시간 차이는 2시간이다. 공항엔 군인들이 여

기저기에서 감시의 눈으로 지켜본다. 공항에서는 사진을 찍지 못한다. 입국 수속은 전자식으로 되어 있어 빠른 편이나 생체인식 같은 감시를 받는다는 느낌이 들어 기분은 좀 그랬다.

점심을 먹고 처음 찾은 곳은 양귀비가 당 태종과 즐겼다는 화청궁이다. 양귀비의 별장이다. 입구에는 보일 듯 말 듯 하늘하늘한 옷을 걸치고 날렵하게 춤을 추는 양귀비 모습이 대형 동상으로 전시되어 있다. 악기를 연주하는 악사와 당 태종이 넋이 나간 표정으로 흥을 맞추는 추임새의 형상이 거대한 조각으로 서 있다. 미모의 여인과 권력이 만났을 때 역사는 매우 혼탁했다. 어디 역사뿐이던가? 양귀비의 기행과 사치로 거대한 당나라는 망하고 후대가 이런 유물로 관광으로 살고 있는 것은 역사의 아이러니다. 화청궁은 능수버들이 늘어져 있는 모습이 유연해 보인다. 우리나라 궁궐보다 넓고 화려하다. 붉은 기둥이 더 원색적이다. 연

꽃이 피어 있는 연못도 운치 있다. 이곳에 있는 특이한 나무 중 대추나무에 감나무를 접붙여 작은 감이 열린 게 있다. 밑동은 대추나무고 위는 감나무인데 감이 작다. 맛은 별로다. 양귀비와 당 태종의 사랑을 기록한 목판이 넓게 펼쳐져 있다. 양귀비가 사용했다는 연꽃 모양의 목욕탕과 당 태종이 사용했다는 목욕탕이 아직도 건재하다. 당 태종은 양귀비를 엄청나게 사랑했지만, 양귀비는 당 태종을 사랑하지 않았다. 뭇 남자들과 관계를 많이 맺었다. 자식이 없는 그녀는 자기보다 나이가 많은 남자를 아들로 입양하는가 하면 여러 기행으로 당나라가 망하는 데 큰 역할을 했다. 양귀비가 키워준 안녹산이 불만이 많은 백성들을 등에 업고 당나라에 반기를 들어 난을 일으킨다. 양귀비의 사치로 재정이 악화하여 쇠약해진 당나라가 망하게 된다. 집안이나 나라나 비슷한 양상이다.

♣ 서안에서 진시황제를 보다

서안 하면 가장 먼저 떠오르는 게 진시황의 병마용 전시물이다. 세계 8대 불가사의라고 하는데 정작 불가사의는 아직 발굴되지 않았다. 칭기즈칸이나 진시황도 그렇고 왕이 신격화되던 고대에는 죽음에 대한 두려움이 많았던 모양이다. 죽어서 무덤이 파헤쳐지리라 예상했던 것 같다. 살아생전 못된 짓을 많이 해 두려웠던지 무덤에 대한 신경을 많이 썼다. 중국을 최초로 통일한 진시황은 죽고 싶지 않았을 것이다. 영생의 약을 구하려 제주도까지 3천 명을 보냈다 한다. 왕의 권력 유지에 도움이 안 되는 책은 모두 태워버렸다. 진시황은 강력한 중앙 집권력으로 만리장성을 쌓았고 분산되었던 중국을 통일했다. 진시황은 글자를 통일했고 지방마다 다른 도량 법을 단일화했다. 지금의 중국을 만드는데 공로가 많다. 그러나 자신의 무덤은 도굴할 수 없게 무덤 안을 수은으로 채워 놓았다. 수은 독이 무서워 중국에서도 개장할 수 없다고 한다. 소문만 무성한 진시황의 무덤은 과학이 발달해 수은 중독을 해독할 수 있는 시기가 와야만 볼 수 있을 것이다. 무덤 안은 100톤가량의 수은으로 둘러싸여 있다고 한다. 무덤 안에는 호수와 강이 만들어져 있고 온갖 금은보화가 있다고 추측한다. 궁전을 옥으로 만들었다 하는데 아직도 발굴할 수 없다고 한다. 묘지 안에는 옥으로 된 진시황의 관이 있고 9층 탑이 있다고 한다. 무덤 안에 대한 상상과 추측은 사람들의 계산에 따라 달라진다. 중국을 먹여 살릴 보물이 있다느니 관광 상품으로도 가치가 대단하다느니 기대가 크다. 진시황 무덤에서 1.5km 떨어진 곳에 병마용이 있다. 사마천 사기에는 병마용의 내용이 적혀 있지 않은 걸로 보아 별로 중요한 것이 아닌 모양이다. 지금 우리가 보는 병마용은 무덤에서 발굴된 게 아니다. 땅 위에 세워진 것이 오랜 세월이 지나면서 모래가 쌓여 묻혔다가 이제 드러난 것이다. 8천 명의 군인은 100만 대군에서 뽑힌 군사들 모형이다. 각각의 표정과 얼굴과 입은 옷이 다르고 헤어스타일도 다르다. 군인의 계급에 따라 복장과 부착된 전쟁용 도구도 다르다.

진시황은 전쟁에 나가는 군인들의 사기를 높여 주기 위해 잘 싸우는 군인들의 초상을 토기로 만들어 세웠다. 여기에 진열된 군인은 가문

의 영광으로 알고 진시황에게 충성
해 열심히 사람을 죽였다. 군인들
의 얼굴은 모두 잘 생겼다. 건장하
고 키도 180cm가 넘고 가슴이 딱
벌어진 군인들은 지금 군인보다 당
당한 모습이다. 몸체를 통째로 만
든 게 아니고 얼굴, 팔, 가슴, 다리,
각각을 분업으로 만들어 조립했다.
그러니 무너져도 다 깨지는 게 아
니고 한 부분이 깨지면 그 부분만
만들어 다시 끼우면 된다. 참 신선
한 발상이다. 골을 파고 그 밑에 진
열한 것은 벽이 바람막이가 되어
이 용병들을 무너지지 않게 지키
기 위함인 듯하다. 군사용 말도 있
는데 지금과는 모습이 다르다. 하기

219

야 지금의 말은 계속 종자 개량을 했기에 당시의 말과는 다를 것이다. 모두 흙으로 만들었다.

인근 농부가 농사를 지으려고 땅을 파다가 사람 얼굴 모형을 파냈다. 대수롭지 않게 생각하고 처박아 두었다. 고향에 온 고고학자가 이 물건을 보고 예사롭지 않다고 생각해 휴가를 받아 주변을 파 보다가 발굴하게 된 것이다. 그 고고학자는 지금도 이곳에서 옛 유물을 파고 연구하고 깨진 형체를 붙이는 작업을 하고 있다. 2006년에 발굴을 시작해 지금도 계속하고 있다. 깨지고 부서진 토기를 수리하고 맞추는 병마용 병원도 있다. 박물관의 규모도 크지만, 전시된 유물은 생생한 모습으로 당시의 역사를 보여주고 있다. 장군의 모습과 당시에 살았던 상인과 고관대작의 모습, 백성들의 모습이 그때나 지금이나 같다.

♣ 라싸 공항은 군인들이 가득하다

서안에서 라싸로 가기 위해 비행기를 탔다. 3시간 걸린다. 라싸 가는 비행기를 타기 위해 아침 일찍 나와야 해서 조식을 못 먹었다. 호텔에서 간단한 도시락을 준비해 주었다. 서안 공항은 국제공항이라 컸다. 트램 버스에서 중국 젊은이가 자리를 양보해 주었다. 작은 친절로 중국에 대한 이미지가 달라 보인다.

라싸 공항에 내리자, 숨이 확 막힌다. 해발 평균 4,500m다. 머리가 어찔하고 구토증이 난다. 몸에 바위를 지고 있는 듯이 무겁고 무기력해진다. 천천히 움직이라고 한다. 빨리 움직일 수도 없다. 숨이 가쁘고 감

기 증상처럼 머리가 띵하다. 우리
를 마중 나온 가이드가 환영한다
는 뜻으로 목에 흰 천을 걸어 주었
다. 티베트식 인사다. 티베트 불교
를 믿는 나라를 방문하면 이런 환
영식을 거친다. 가이드는 조선족 젊
은 남자다. 7살 되었을 때 아버지에
이끌려 일주일 동안 기차를 타고
티베트에 왔다고 한다. 연변에는 희
망이 없다며 이 척박한 곳에 가족
을 이끌고 정착할 결심을 한 가이
드 아버지는 모험가인 듯하다. 부모
와 형제 모두 한국에 가 있고 가이
드는 한족 아내와 어린 딸과 이곳
에서 살고 있다고 한다. 원래는 트

레킹 전문 가이드인데 이번에는 우리 여행팀 가이드를 맡게 되었다 한다. 우리말을 제대로 배우지 못해 자기한테도 어린애한테도 존댓말을 쓰는 게 처음엔 이상하더니 자주 들으니 그러려니 해졌다. 라싸 공항에 도착하자 과자 봉지가 부풀어 빵빵해졌다. 아마 우리 몸도 그렇지 않나 염려된다. 고산증 약을 미리 먹어야 하는 데 지금 먹어서는 효과가 없다고. 20일 정도 지나야 조금씩 적응이 된다고 한다. 이틀 동안은 샤워도 하지 말고 머리도 감지 말고 천천히 행동하고 말도 많이 하지 말라고 당부한다.

공항에는 군인들이 가득하다. 여기저기에 군용차와 초소와 감시의 눈을 가진 경찰들로 긴장감을 느끼게 한다. 1950년에 우리나라가 전쟁을 치르느라 미국이나 서방 국가가 정신이 없을 때 중국은 그 틈을 이용해 무력으로 티베트를 점령했다. 티베트는 면적이 한국의 10배가 되지만 인구는 겨우 300만 명이다. 국토 전체가 산이고 사람이 살 수 있는 면적은 아주 작다. 대부분은 야크와 양을 키우는 목축업을 하고 농사짓는 땅은 아주 적은 면적이다. 티베트 보리가 그들의 주식이다. 보리는 우리 보리

와는 약간 다르다. 알이 굵고 길다. 힘도 없고 험한 산만 가지고 있는 가난한 나라. 가진 건 신앙뿐인 티베트를 중국이 점령하는 건 힘든 일이 아니었다. 승려들의 저항은 무기 앞에서 무용지물이다. 정치지도자인 달라이라마는 인도로 망명가 망명정부를 꾸렸지만 중국 입김에 세계의 지지를 얻어내지 못하고 결국은 항복하고 말았다. 중국 정부가 티베트 국민을 잘살게 해준다면 더 이상 독립운동을 하지 않겠다고 백기를 든 것이다. 처음부터 힘든 싸움이긴 했지만, 중국의 입지가 높아진 지금은 국제정세가 의리, 인권, 이런 문제에 대해 냉담한 게 현실이다. 개인이든 나라든 가난하고 약한 쪽은 항상 힘든 삶을 살아야 했다. 티베트와 국경을 접하고 있는 나라는 티베트 난민으로 사회문제를 겪기도 한다. 난민들은 자리를 잡지 못해 대를 이어 가난하게 살고 있다.

♣ 일처다부(一妻多夫)제의 풍습은

차창에서 보는 라싸의 첫인상은 하늘과 흰 구름이 높아 보인다. 길 양쪽에는 도로를 넓히느라 공사가 한창이다. 중국 당국에서 티베트에 많은 투자를 하고 있음을 볼 수 있다. 티베트 불교의 상징 오방색 깃발이

서 있는 곳 가운데는 필히 중국 국기가 있다. 산에는 나무가 없고 아파트와 빌딩과 신축건물은 중국이 한족 이주 정책으로 새로 지은 건물이다. 번듯한 상점은 중국인의 소유다. 여기도 중국인의 상술로 가짜가 많으니 주의하란다. 티베트는 야크와 양을 주로 키운다. 땅이 척박해 야채가 많이 나오지 않아 티베트 사람들은 주로 고기를 많이 먹다 보니 평균 수명이 63세다. 티베트의 지역 풍습은 우리가 이해하기 어려운 게 많다. 주로 여자를 중심으로 모계사회를 이루고 있다. 일처다부(一妻多夫)제다. 언뜻 보면 여자가 좋아할 것 같은 말이지만 전혀 아니다. 여자를 데려오려면 여자 집에 양이나 야크를 몇백 마리를 주어야 한다. 아들이 많은 집안은 장가를 보내려면 집안이 거덜 난다. 그러니 첫째를 장가보내어 여자가 들어오면 신방에서 2년 살다가 첫째는 집을 나가 준다. 그리고 둘째와 신방을 차리고 2년이 지나면 둘째도 집을 나간다. 이렇게 막내까지 같이 살다가 아기를 낳으면 공동으로 키운다. 혼기가 찬 여자는 집을 나가 밖에다 텐트를 치고 혼자 지내면서 남자를 기다린다. 그 여자와 결혼하고 싶은 남자는 텐트 안에 들어온다. 여자는 들어온 남자와 지내보다가 맘에 들지 않으면 내쫓는다. 다른 남자가 들어오면 또 지내보다가 맘에 드는 남자를 만날 때까지 야외 텐트 안에서 산다. 그러다 마음에 드는 남자를 만나면 둘이 함께 텐트를 걷어 나온다. 일 년이고 이년이고 이렇게 지내면서 남자를 선택하는 게 풍습이라고 한다. 그사이에 임신을 해 아이를 낳으면 그 아이를 데리고 결혼한다. 결혼하기 전에 아이를 많이 낳은 여자가 인기라고 한다. 데리고 간 아이는 결혼한 남자와 같이 키운다. 키울 때는 차별 없이 똑같이 키우지만, 유산을 상속할 때는 결혼해서 낳은 자기 자식한테만 상속한다.

요즈음은 많이 달라졌지만, 내려오는 풍습은 지역에 따라 살아가는 사람들의 생존의 선택일 것이다. 넓은 땅에 농사를 지을 땅이 적은 곳이라 유목 생활을 하는 사람이 많다. 야크는 한 마리에 300만 원 정도다. 유목민은 한 사람당 1,000마리 이상씩 가지고 있는데 천막으로 떠돌이 생활을 하다 보니 돈을 쓸데가 없다고 한다. 그러다 보니 돈 많은 사람은 돈으로 여자를 사와 여러 명의 여자와 산다고 한다.

♣ 문성 공주가 시집오면서 들여온 불교

티베트에 여행 오는 사람은 필히 죠캉 사원을 돌아보게 된다. 죠캉 사원은 티베트 불교의 원산지며 중심사원이다. 사원 안에서는 부처님이 계신 곳이라 손가락질하면 큰 결례다. 사진도 허락이 안 된다. 오체투지로 사원에 도착한 신도들의 모습이 마치 난민 같다. 빈틈없이 앉아 있는 모습이 콩나물시루에 들어 있는 콩나물 같다. 신도들은 머리를 조아리며 주문을 외우듯이 기도한다. 싸 온 빵으로 끼니를 때우기도 한다. 몇 달은 빨지 않았을 것 같은 남루한 옷을 입고 있지만 눈망울은 초롱초롱하다. 이들은 오체투지로 이곳 사원을 성지 순례하는 게 꿈이고 희망이고 삶의 목적이다. 평생 준비해서 집을 떠나와 여기에 도착하면 먼 거리에 사는 사람은 1~2년이 걸린다고 한다. 차를 타고 오는 게 아니다. 세 발짝 걷고 땅바닥에 온몸을 엎드려 절하고 일어나 세 발 걷고 엎드려 절하면서 사계절을 다 지나와야 한다. 티베트인의 신앙에 고개가 숙여진다. 죠캉 사원은 당 태종의 조카딸인 문성 공주가 토번국인 이곳으로 시집을 오면서 그녀가 겪었던 여러 가지 일들을 벽화로 그려 놓았다. 당시 티베트는 세력이 막강한 강대국 토번국이었다. 송첸감포왕은 티베트를 통일하고 문성 공주와 결혼한다. 당나라의 공주가 이 먼 곳까지 시집을 오게 된 것은 토번국과 당나라와의 외교적인 거래였다. 사위 나라가 장인 나

라를 함부로 침략할 수 없고 장인 나라가 침략을 받으면 당연히 사위 나라가 도와줘야 하는 명목이 생긴 것이다. 문성 공주가 토번국에 시집온 사건은 세계사에도 지대한 영향을 끼쳤다. 당나라의 문화가 토번왕조에 변화를 일으켰고 교류가 시작되었다. 불교를 가지고 들어오면서 티베트는 불교국가가 되었다. 불교를 믿는 국가가 많지만 티베트 불교는 좀 다르다. 인도 영향을 받아 대승불교와 금강 승의 교리를 합한 독특한 교리를 가지고 있어 세계 사람들이 호기심을 가진다. 여러 종파가 있어 각각의 수행 방법이 다르다. 밀교의 수행법은 신체와 언어 의식들 수행법이 다양하다. 티베트에 내려오는 토속신앙과 합해진 티베트 불교는 신비에 가깝다. 신자들의 삶도 물질보다는 영적인 세계에 더 관심이 많다. 현세에 대한 고통을 다음에 더 좋은 입지에서 태어날 희망으로 잘 받아들인다.

대통령이나 국회의원 같은 정치 지도자는 없다. 종교 지도자가 나라를 운영한다. 달라이라마는 정치적인 일을 맡고 판첸라마는 종교적인 지도자 역을 맡는다. 지금 달라이라마는 인도에 망명가 있고 판첸라마는 북경에 있다. 중국에서 볼모로 잡아둔 것이다. 죠캉 사원은 문성 공주가 가지고 온 불상을 모시기 위해 만든 사원이다. 사원은 문성공주의 초상화와 당시에 들여온 보물 및 불상, 전설 같은 이야기들을 벽화로 그려 놓았다. 티베트에서 가장 중심이 되는 죠캉 사원은 티베트인들의 고향 같은 곳이다. 오체투지 순례자들은 죠캉 사원이 종착지다. 이 사원은 결혼식과 장례식도 하고 기도하고 쉬는 곳이다. 1400년이 된 사원은 세월을 끌어안고 티베트의 아픈 현실도 끌어안고 있다.

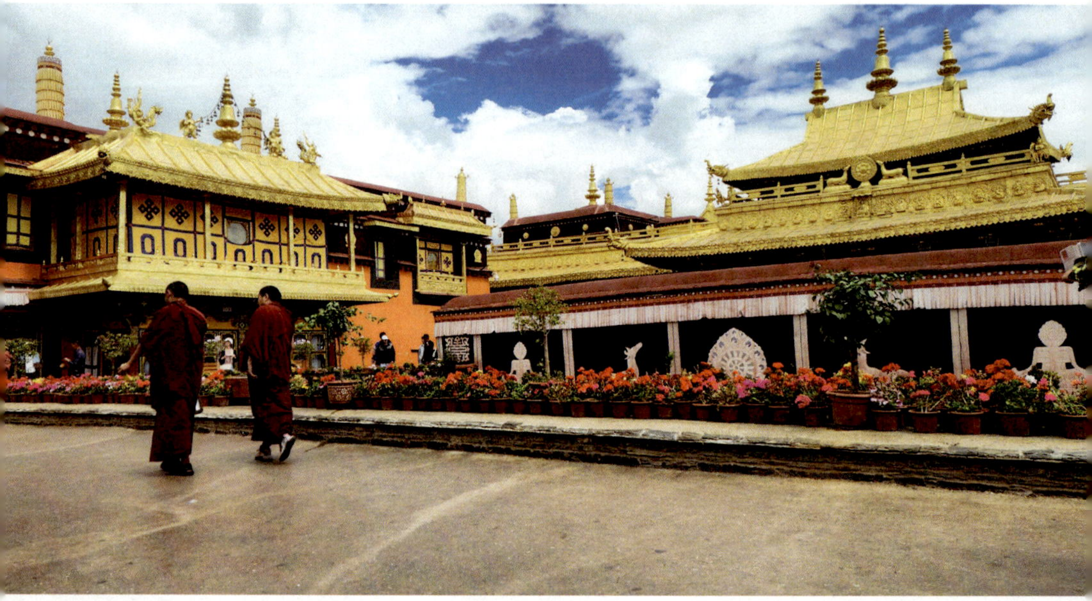

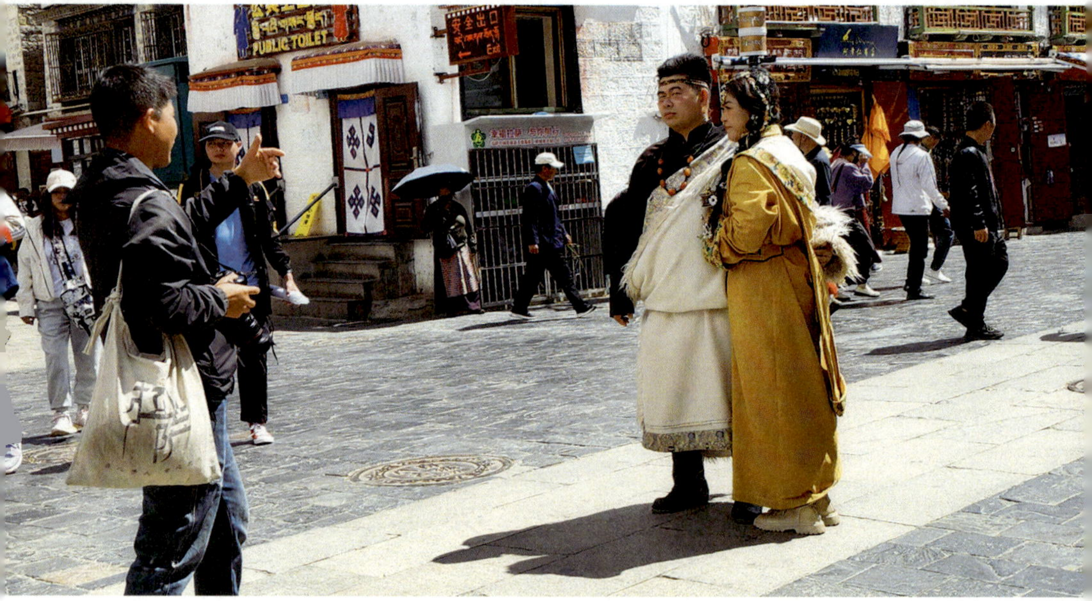
PUBLIC TOILET
安全出口
Exit

사원은 사각으로 이루어진 길 주변으로 상점과 가게들이 둘러싸고 있다. 한 바퀴 돌면 제자리다. 길에는 오체투지를 하고 있는 사람, 더위에 야크 털옷을 입고 순례 온 사람들로 북적인다. 티베트 사람은 복장에서 금방 알아볼 수 있다. 문성 공주 사진을 등에 업고 오체투지를 하는 젊은이를 보면서 가슴이 덜컹했다. 저들이 저토록 간절하게 기도하는 목적이 무엇일까? 나는 한 번이라도 저들처럼 온몸을 내려놓고 기도한 일이 있었던가? 사원 안에서는 사진을 찍을 수 없지만 밖에 건물은 찍을 수

있다. 금빛으로 칠한 건물의 모양은 고풍스러우면서도 묵직하고 화려하다. 사원 안에는 탱화 같은 그림들이 많다. 티베트인의 조상이라는 원숭이에 대한 설화가 벽에 그려있다. 원숭이가 수행자에게 결혼하자고 조른다. 수행자는 결혼할 수 없는 수도자라 안 된다고 했다. 그러자 원숭이가 자기하고 결혼하지 않으면 악마와 해야 한다며 귀찮게 조른다. 수행자가 부처에게 이런 사정을 말하고 조언을 구한다. 부처는 원숭이와 결혼하라고 허락한다. 원숭이와 결혼한 수행자는 다음 해에 5마리의 원숭이를 낳았다. 그 5마리 원숭이가 티베트인의 조상이라고 한다. 우리의 단군신화

에 나오는 곰이나 티베트의 원숭이는 동물이 건국의 시조라는 점이 비슷하다. 승려들은 자주색 옷을 입는다. 주변 상점은 중국 사람들이 운영하는지 다양한 보석과 옷 장식품들이 많다. 울긋불긋한 장식을 달고 있는 부처상도 많고 기도용 불교용품도 많다. 티베트 부처상에는 여자 몸에 남자 얼굴을 한 형상도 있다. 나는 싱잉볼을 샀다. 650위안 달라는데 350위안 주고 샀다. 인도에서 싸다 싶어 3만 원에 산 것이 깨져 버려 이번에는 모양이 예쁘지 않아도 장인이 만든 것을 샀다. 마음이 혼란스러울 때 한 번씩 치면 안정이 되는 느낌이다.

호텔과 음식은 기대 이상으로 괜찮았다. 문제는 고산병이다. 다리가 천근만근이고 배가 부글부글 끓는다. 무릎이 아프고 방귀가 나온다. 빨리 걸을 수도 없지만 숨이 막혀 혀를 내밀며 숨을 쉰다. 모두 걷기가 힘들다며 그만 쉬고 싶다고 가이드를 졸라댄다. 가이드는 한곳을 더 가야 한다고 다그치는데 일행들은 안 가도 좋으니 호텔에서 쉬고 싶다고 한다.

티베트 박물관에 갔다. 중국에서 지은 박물관은 중국풍이다. 여기도 민방위 훈련을 하는지 사이렌 소리가 어찌나 크고 소란스러운지 귀가 아프다. 이곳의 민방위 훈련은 어떤 의미일까? 티베트 국민이 독립전쟁이라도 일으킬까 봐 실시하는 훈련인가? 새로 신축한 건물은 티베트의 역사를 담은 박물관이라기보다 중국의 선전용 박물관 같다. 티베트는 중국 땅의 8분의 1 정도다. 젊은 가이드한테 중국이 티베트를 지배하고 있는 것에 대해 어떻게 생각하느냐고 물으니 행복하다고 대답한다. 중국이 잘해 주기 때문에 주민들은 만족한다고 한다.

♣ 겨울 궁전 포탈라궁

티베트하면 제일 먼저 높고 특이하게 보이는 포탈라궁이 떠오른다. 포탈라궁은 달라이라마의 겨울 궁전이다. 겨울을 지낼 수 있도록 보온이 잘 되어 있다. 1m 두께의 벽에 야크 털로 보온이 되어 있어 추위를 잘 견딜 것 같다. 1994년 유네스코 세계 문화유산으로 등재되었다. 이곳의 황금도 많이 도난당하고 중국에서 가져갔지만 그래도 지금 남아 있는 게

이 정도라니 본래의 모습은 얼마나 웅장했을지 미루어 짐작해 본다. 인구도 적고 자원도 없을 것 같은 가난한 나라에서 종교를 위해 이 같은 황금과 물자를 봉헌했다면 당시는 잘 살았다는 얘기다. 티베트를 통일한 송첸감포왕이 건축한 건물을 17세기 5대 달라이라마가 증축하면서 지금의 모습을 하고 있다. 이곳이 달라이라마의 거처이다. 티베트 불교의 중심이고 성지이며 상징이다. 지금은 달라이라마가 망명 가 주인이 없어 중국이 관리하고 있다. 돌계단을 7층까지 올라가야 한다. 계단도 단이 높아 올라가기가 힘들다. 티베트 사람은 염주를 돌리며 걷는다. 무릎이 내게 불편한다. 젊은 일행들은 앞서가는데 나는 진땀을 흘리며 애쓰고

있다. 고산증으로 머리가 어지럽고 속이 울렁거리고 발이 휘청거린다. 한계에 도달하자 왜 내가 이 고생을 하며 여기에 올라야 하지? 하는 생각까지 들었다. 궁전 건물은 층간이 높아 일반 건물의 7층과는 비교가 안 된다. 바위산 위라서 더 힘들다. 돌계단에 걸터앉았다. 일행을 잃으면 난감한 일이라 다시 일어나 헉헉거리며 만나기로 한 7층에 도착했을 때 일행들이 박수를 쳐 주었다. 그들도 내가 걱정되었나 보다.

1400년 전부터 내려오는 티베트 불교의 탱화, 역사 그림, 그동안의 왕 모습과 역대 달라이라마의 형상, 경전, 불상 등 다른 데서 볼 수 없는 모

습의 부처와 금으로 된 부처상. 과거의 부처와 현재의 부처. 3만 5천 년 후에 도래한다는 미래의 미륵불이 상상 초월이다. 우리도 어렵고 혼란스럽던 조선 말기에는 중생을 고통에서 구원할 미륵을 기대하며 희망의 끈으로 붙잡았던 미륵 사상이 있었다. 새로운 세상을 열어갈 구세주에 대한 막연한 믿음이었다. 불교 쪽에서는 이를 미륵불로 표현한다. 기독교 쪽에서는 예수님의 재림일 것이다. 먹을 것도 없을 것 같은 척박한 땅 티베트에서 이런 부처상을 만들었던 이들의 신심이 놀라웠다. 42대 왕까지 이곳에 모셔져 있다. 하루에 관광객을 7천 명만 받는다. 방이

1,999칸에 부처가 모셔있는 200칸을 구경하려면 하루에 다 할 수 없다.
　사진 촬영은 금지다. 내부는 불빛을 최소화해 어둡다. 길도 좁아 겨우 한 사람씩 돌아봐야 한다. 약간은 음습하면서도 웅장한 부처와 역대 달라이라마의 동상과 불교용품들이 묘한 분위기를 느끼게 한다. 6대 달라이라마는 정치와 제도가 적성에 맞지 않아 달라이라마 직책에서 유일하게 탈출했다고 한다. 5대 달라이라마가 위대한 업적을 많이 남기고 너무 잘했던 게 부담이 되었을 것이다. 시인이고 예술을 좋아하는 분이라 답답한 궁 안의 생활이 적성에 맞지 않았을 것이다. 6대 달라이라마는 많은 시를 남겼고 자유인으로 장수했다고 한다.

♣ 전생과 환생을 믿는 교리

　티베트불교의 색다른 교리는 전생을 믿고 사람은 다시 환생한다는 점이다. 생전에 잘 살면 좋은 데서 좋은 사람으로 태어나지만, 잘 못살면 동물이나 미천한 생물로 태어난다는 믿음이다. 현세보다 다음 생을 위해 준비하며 살아가는 사람들이다. 달라이라마도 돌아가신 고승이 환생한 존재라고 한다. 이를 확인하는 작업은 엄격하다. 환생했다는 확인이 되면 어린아이를 달라이라마로 선택해 추종하고 믿는다. 궁에 데려와 어릴 때부터 고승의 교육과 수련과 훈련을 받게 한다. 우주를 여행한다는 현재도 영적인 세계와 신앙과 믿음의 힘은 증명하기 어려운 분야다. 부처상 앞에는 돈 모양의 종이가 쌓여 있다. 헌금이다. 진짜 돈은 아니다. 밖에는 아줌마들이 환전을 해준다. 암달러상을 연상하게 한다. 환전한 잔

돈을 한 주먹씩 가지고 다니며 부처상 앞에 놓는다.

불교 대학인 세라 사원은 여러 종파 중에 겔룩파에 속한다. 예전엔 스님들이 6,000명까지 있었다는데 지금은 600명 정도다. 그래도 스님들이 가장 많다는 사원은 600년의 역사가 있다. 특이한 점은 스님들은 불법에 대한 토론과 논쟁을 통해 교리를 연구하고 공부한다는 점이다. 이들은 일정한 시간에 광장 나무 그늘에 모여 둘이 짝을 지어 소리소리 지르면서 토론한다. 그 모습이 보는 사람도 흥미롭게 한다. 어떤 짝은 주먹질을 해가면서 싸우듯이 소리를 지르기도 하고 어느 짝은 연극을 하듯이 제스처를 취하기도 한다. 서 있는 스님이 묻고 앉아 있는 스님은 대답한다. 그러다 자리를 바꾸어 역할을 바꾼다. 심각한 표정이 아니고 스트레스를 푸는 즐거운 놀이처럼 보인다. 하기야 공부는 즐겁고 신나야 하는데 우리는 너무 주눅이 들어 부담으로 여기는 게 아닌가 반성해 본다.

사원에 안치된 부처의 얼굴색이 다양하다. 그중에 검은색 부처가 특이해 보인다. 검은 부처의 의미는 모든 어둠과 무지를 밝히는 지혜로움을

상징하며 부정적인 악의 에너지를 막아주고 깊은 명상으로 내면의 평온함을 상징하는 의미란다. 무당의 시초가 티베트라 한다. 울긋불긋한 오방색을 즐겨 사용하는 풍습으로 보면 그런 것도 같다.

밤에 호텔에 들어와 몇 명의 여자는 응급처치를 받았다. 나와 한방을 쓰는 젊은 여자도 기력이 떨어지고 감기 증상에다 숨쉬기 어려워 죽을 것 같다고 하니 가이드가 의사를 데리고 왔다. 아마도 이런 일은 다반사인지 가이드가 사전에 얘기했다. 진료비는 20만 원이다. 서류를 해주면 여행사에서 여행자 보험으로 처리해 주는데 일부는 자기부담금을 내야 한다. 산소 호흡기를 대동하고 주사를 놓고 약을 주었다. 중국에서 20만 원이면 조금 비싼 가격인 것 같지만 그러려니 했다.

티베트는 나라 자체가 고산이다. 평균이 해발 4,500m다. 한라산 두 배 가까이 높은 지역이다. 최소한 20일이 지나야 적응한다는데 산소가 부족한 상태니 몸에 무리가 많이 간다. 그런데다 해발 5,560m 캄발라 고개를 넘어 티베트의 3대 성스러운 호수라는 암드록초에 가는 중이다. 강원도 가는 길도 구불거리는 길이지만 5,500m의 고지를 가는 길은 그야말로 가슴 조이는 드라이브다. 주변에 보이는 풍경도 새롭지만 눈 쌓인 설산은 장관이다. 너무 높은 지역이라 산에 나무가 없다. 땅에 엎드려 있는 잡초들이 겨우 생명을 이어간다. 산과 산허리를 돌아가는 길은 아찔

하다. 그러면서도 탄성이 나온다. 산을 돌아 도착한 암드록초 호수는 맑다 못해 남색이다. 호수에 비치는 설산과 바다같이 넓은 호수는 나를 무아지경으로 보냈다. 해발이 높아 추웠다. 두꺼운 옷을 준비하라고 한 이유가 있었다. 주변에는 전통 옷을 대여해 주는 상인도 있고 약간의 간식과 차를 파는 미니 가게도 있다. 그곳까지 기도의 힘이 뻗쳤는지 오방색의 천들이 쌓여 있다. 산과 호수와 파란 하늘에 흰 구름. 내 마음도 자연의 일부가 된 듯하다. 사람들이 호수를 많이 찾다 보니 상술도 여러 가지다. 개를 사자처럼 분장시켜 돈 받고 사진을 찍어 주기도 하고, 양을 치장해 모델로 빌려 주기도 한다. 사람들은 돌만 있으면 탑을 쌓는다. 이곳도 작은 탑들이 쌓여 있는 게 우리나라 사람들이 쌓은 게 아닌가 싶다. 일행 중에 어르신이 내게 차를 사주겠다고 해 대추차를 시켰다. 내가 만든 피로 해소에 도움이 되는 경옥고를 주었더니 고맙다는 답례 인사다. 중국 카드인 알리페이로 결제하겠다고 한참을 씨름하더니 결제가 되지 않아 내가 현금결제를 했다.

쿰봄 사원을 중국인은 백거사라고 부른다. 하얀 탑이라는 말이다. 35m의 높이에 10만 개가 넘는 불탑으로 유명하다. 하얀색의 탑은 많은

순례객이 주변을 돌며 기도하러 온다. 간체종이라는 이 험한 산 위에 있는 요새 같은 사원은 티베트의 중요한 요지다. 9세기경 얄룽 왕조의 마지막 왕인 팔코 르첸의 궁전 자리다. 작고 큰 부처상이 다양한 모습으로 있다. 화려한 금박의 옷을 걸친 부처도 있고, 상체가 건장한 근육질의 부처상도 있다. 머리모양도 다양하다. 관을 쓰고 있는 모습, 달팽이를 붙이고 있는 머리모양도 참으로 다양하다. 네팔과 가까워 교역이 이루어진 곳이고 영국이 침략해 왔을 때 여기를 거점으로 치열한 전쟁을 치렀다. 신무기로 무장한 영국을 신앙만 가진 이들이 이길 수는 없었지만, 티베트의 정신을 담고 있는 고지다. 산은 험하고 아래는 양과 야크가 척박한 땅에서 자라는 풀을 먹고 있다. 산 중간중간에도 티베트인의 기도가 오색으로 펄럭인다.

♣ 사람이 죽으면 새와 들짐승의 먹이로 내준다

티베트인들은 사람이 죽으면 조장鳥葬을 하거나 물에 수장水葬한다. 매장하는 것은 가장 선호하지 않은 방식이다. 땅이 건조해 시신이 잘 썩지 않기 때문이다. 차를 타고 가다 보면 산에는 조장을 표시해 놓은 자리가 있다. 새들과 들짐승들이 와서 시신을 해체해 먹는다. 강가에 표시가 되어 있는 건 수장한 자리다. 티베트인들의 종교적인 교리에 따라 살아가는 동안 많은 동물과 물고기와 살아 있는 것들을 먹고 살았으니 죽으면 그들에게 육체로 보답해야 한다는 의식이다. 영혼은 다시 태어나지만 육신은 빚을 갚아야 한다고 생각한다. 인간도 자연의 일부인 것이다. 합당한 풍습이라는 생각이 든다. 티베트 사람들은 기도가 일상생활보다 더 비중을 차지하는 것 같다. 부자로 사는 물질적인 안락함보다 내세를 더 중요시하는 현세의 삶인 듯하다. 분주하게 보내는 내 일상을 돌이켜 본다. 영혼의 땅 티베트에서 내 영혼을 점검해 본다.

시가체로 내려와 현재 티베트 불교의 최대 종파인 겔룩파가 창건한 타쉬룬포 사원에 갔다. 이곳은 판첸라마가 살고 있는 곳이다. 판첸라마는 정치 쪽이 아니고 영적인 교육을 하는 최고의 고승이다. 어린 달라이라마를 교육하고 지도하는 스승이다. 이곳은 그동안 판첸라마가 이룬 업적을 표현한 탱화나 동상 이외에 고승들의 유해를 안치해 둔 탑들이 모셔져 있다. 오래된 경전과 역대 판첸라마가 생전에 사용하던 물건들이 있다. 세계에서 가장 큰 청동 미륵불이 있다. 미륵 불상은 앞으로 인류를 구원하러 오는 미래의 부처상이다. 미륵이 이 세상에 오는 날 세상은 신세계인 극락을 이룰 것이라는 이상형의 불상이다. 달라이라마와 판첸라마는 정치와 종교의 희생자이지 않을까? 본인이 원해서 그 자리에 앉은 건 아니다. 황금 감옥에 살아야 했던 삶이 과연 행복한 삶이었을까?

판첸라마의 업적에 따라 탑들은 다양한 장식으로 꾸며져 있다. 판첸라마 중에도 존경받는 업적을 남긴 라마의 상은 더 크고 웅장하다. 그중에서도 5대 판첸라마는 업적이 많아 그의 행적과 모형이 많다. 18권의 시집을 쓸 정도로 문학에 조예가 깊어 경전과 논문을 저술했다. 현재 판첸라마는 11대이지만 중국에서 임명한 어용 판첸라마로 북경에 있다. 현 14대 달라이라마는 1995년 환생했다는 6세 소년을 판첸라마로 지정했는데 그 소년은 행방불명이 되었다. 중국 공산당은 다른 소년을 11대 판첸라마로 임명했다. 이로 인한 티베트 불교의 내분과 분열을 조장한 중국은 어용 판첸라마를 이용해 티베트를 통제하고 있다. 아마도 지금의 14대 달라이라마가 죽으면 그의 시신은 고향인 티베트에 오지 못할 것이다. 중국과 척지고 있으니 중국 당국이 이곳에 형상을 만들어 놓는 것을 허락하지 않을 것이다. 중국의 문화혁명 때 홍위병인 10대들이 붉은 깃발을 들고 몰려와 이 사원을 때려 부수려 할 때 10대 판첸라마가 모택동을 환영한다는 플래카드를 걸어 놓아 위기를 모면해 이 사원이 살아남았다고 한다. 당시에 많은 유적과 보물과 문화유산이 철없이 날뛰던

10대 홍위병에게 파괴되었다. 문화혁명이라는 이름으로 문화를 파괴한 과오가 한동안 중국을 늪에 빠지게 했다.

♣ 달라이라마의 여름 별장

　라싸로 이동해 달라이라마의 여름 별장에 갔다. 겨울 궁인 포탈라궁과는 또 다른 분위기다. 울창한 나무와 잘 가꾸어진 정원과 연못. 꽃으로 장식된 별장은 그동안 보아 왔던 티베트의 썰렁한 사원과는 다르다. 약간은 중국풍의 요소도 있지만 별장은 아름다웠다. 지친 일행은 걸어도 될 거리를 꼬마 열차를 타고 가자고 우겼다. 개인 부담으로 다수결로 결정해 20위안을 내고 관광용 꼬마열차를 탔다. 별장은 중국풍과 티베트의 색깔이 어우러져 독특한 분위기다. 오랜만에 울창한 나무와 숲을 보니 가슴이 훈훈해진다. 휴식하는 기분이다. 연못에는 잉어가 입을 벌리고 달려든다. 대나무와 보라색의 문주란이 잘 어울린다. 아름다운 이 속에 감추어진 티베트 사람들의 자존감에 슬픔이 느껴진다. 연못에는

청동오리가 노닌다. 부처를 모신 사당이 오방색으로 둘러있다.

귀국하는 비행기를 타기 위해 서안으로 가는 기차를 타야 했다. 세계에서 가장 높은 고원지대를 달리는 칭짱 열차를 하늘 열차라고도 한다. 이 기차를 타고 싶었다. 해발 5,500m 고원을 달리는 기차는 33시간을 달려야 서안에 도착한다. 2006년에 중국에서 거대한 사업으로 이 열차가 개통되면서 티베트 여행이 쉬워졌다. 하루에 한 번만 다니기에 미리 예약해야 한다. 기차를 타는데도 비행기를 타는 것처럼 여러 가지 수속이 복잡하고 검열도 심하다. 기차 칸에서 33시간 먹고 자야 한다. 한

칸에 4명이 같이 사용해야 하는데 나
와 룸메이트와 같이 온 일행 둘이 해서
네 명이 한 칸에서 지낸다. 내가 제일 왕
언니다. 젊은이 둘이 이층에서 자고 나
와 같이한 일행은 아래층을 쓰기로 했
다. 기차는 생각보다 괜찮았다. 비싼 침
대칸은 그 안에서 음식도 해 먹을 수 있
고 차도 끓여 마실 수 있다. 그러나 일반
석은 앉아서 가야 한다. 나는 여행을 다
닐 때는 꼭 여행용 전기포트와 누룽지
를 가지고 다닌다. 기차 칸에서 아주 유
용하게 사용했다. 옆에 따뜻한 물이 나
오기는 하지만 라면을 끓이거나 커피를
따끈하게 마시기는 어려웠다. 우리는 포
트에다 누룽지를 끓여 먹고 라면도 끓

여 먹었다. 평소에 라면을 잘 먹지 않는데 기차 속에서 부족한 라면을 나누어 먹는데 어찌나 맛있던지 집에 와서 라면을 샀다. 된장과 장아찌를 가지고 온 일행이 있어 누룽지에 된장을 넣고 끓인 맛도 처음 먹어 보는 일품이다. 다른 팀에서 우리를 부러워해 포트를 빌려주기도 했다.

♣ 세계에서 가장 높은 고원을 달리는 칭짱 열차

기차는 고도를 달려 계속 산소를 공급해 준다. 5,000m가 넘어갈 때는 가슴이 답답해 왔다. 여자 넷이 살아온 이야기보따리를 풀어헤치니 처음 만난 사이지만 오랜 친구 같다. 열차 안에 도시락, 과일, 음료를 팔러 다니는 리어카가 있다. 한번은 도시락을 사 먹기로 하고 두 개를 사서 나눠 먹기로 했다. 한 개 가격은 40위안이다. 도시락은 반찬도 밥도 양도 가격 대비 괜찮았다. 기차에 식당 칸도 있어 시식해 보기로 했다. 식당칸에서 음료와 빵, 밥, 술, 도시락을 판다. 깨끗하고 분위기도 좋았다. 음식점에서 파는 가격이다.

뭐니 뭐니 해도 압권은 차창으로 보는 눈 쌓인 설산이다. 신령스러운 설산의 모습은 신비스럽다. 대 초원에서 양과 야크의 평화로운 모습. 호수에서 떠오르는 해가 구름을 물들이며 점점 모습을 드러내며 호수를 주황색으로 물들이는 광경은 환희다. 숨이 딱 멎었다. 감동이다. 이곳에서 보는 호수도 그랬다. 세계에서 제일 높은 해발에 위치한 남쵸 호수와 에메랄드빛 취나호, 양쯔강의 발원지인 타타하의 고불거리는 강, 최대 자연보호구역인 커커시리는 시작도 끝도 없어 보인다. 계속 연결되는 만년설의 다양한 모습의 설산은 도시를 잃어버리게 했다. 기차는 한밤중에

도 역에서 정차하고 사람들이 타고 내린다. 중국은 역시 넓다. 높은 지역에도 마을과 도시가 형성되어 과일 농사를 짓고 있다.

역에 큰 글씨로 〈단결해 힘을 모아 조국 통일을 하자〉는 내용의 플래카드가 붙어있다. 기차를 타고 지나가는 사람이 볼 수 있게 써 놓은 것이다. 대만까지 흡수하자는 내용이다. 중국이 대만을 흡수할 때 우리나라도 그렇지만 아시아의 지각변동으로 세계 지리와 역사가 혼란스러울 것이다. 4,000m가 넘는 높은 곳에서 보는 넓은 호수와 산과 구름 사이로 보이는 진한 하늘은 또 다른 세계를 보여주었다. 33시간의 기차 속에

서의 생활은 나름 재미있었다. 준비 해온 먹을거리를 다양하게 개발해 알뜰히 털어먹었다. 책도 읽고 명상도 하고 살아가는 이야기도 하며 새로운 사람과의 대화는 새로운 관심을 가진다. 밤 9시가 되어 서안 역에 도착하자 처음에 만났던 활달한 여자 가이드가 마중 나왔다. 밤의 서안은 장안 성벽의 조명등으로 별천지다. 광장에 사람들이 나와 연을 날리고 폭죽을 쏘고 불빛으로 요란하다.

칭짱 열차를 개통하면서 티베트 여행이 쉬워졌다. 그동안 베일에 싸였던 신비의 나라가 베일을 벗고 있다.

영혼의 땅에서 내 영혼의 안녕을 물었다.